DIS-MOI DE RESTER

CHARLOTTE BYRD

BYRD BOOKS, LLC

COPYRIGHT

À PROPOSE DE DIS-MOI DE RESTER

Je ne suis pas une menteuse, une voleuse ou une criminelle. Du moins, plus aujourd'hui. Me voilà pourtant en train de faire des choses que je m'étais promis de ne ne plus jamais faire.

Nicholas Crawford m'a fait une offre que je ne pouvais refuser. Il est dangereux et blessé, tout comme moi. Notre relation est une addiction que nous devons assouvir.

Maintenant, tout va devenir encore plus compliqué.

Des fidélités devront être testées. Des mensonges seront dits. Des vérités seront révélées.

Nous avons tous les deux fait des promesses que nous ne pourrons pas tenir. Les secrets que nous avons déterrés ne font qu'effleurer la surface et j'ai peur de ce que je vais découvrir en dessous.

Tout n'est pas dans les apparences, mais je dois découvrir la vérité avant qu'il ne soit trop tard.

ÉLOGES FAITS A CHARLOTTE BYRD

« Décadent, délicieux et dangereusement addictif ! »
— Avis ★★★★★

« L'érotisme si magistralement tissé qu'aucun lecteur
ne peut y résister ! Un INCONTOURNABLE ! » —
Bobbi Koe, Avis ★★★★★

« Captivant ! » — Crystal Jones, Avis ★★★★★

« Excitant, intense, sensuel » Rock, Avis

« Sexy, mystérieux, palpitant... » Mrs K, Avis

« Charlotte Byrd est une auteure remarquable. J'ai lu
beaucoup de ses livres, j'ai ri et pleuré. Elle a une

écriture équilibrée avec des personnages brillants. Bravo ! » — Avis ★★★★★

« Rapide, sombre, addictif et percutant » — Avis ★★★★★

« Chaud, torride et une intrigue géniale. » — Christine Reese ★★★★★

« Oh la la... Charlotte a fait de moi une fan à vie » — JJ, Avis ★★★★★.

« La tension et l'alchimie sont au niveau d'alerte cinq. » — Sharon, Avis ★★★★★

« Chaud, sexy, le voyage fascinant d'Ellie et M Aiden Black. » — Robin Langelier ★★★★★

« Waouh. Tout simplement waouh. Charlotte Byrd me laisse sans voix et humble... Il m'a tenue en haleine. Une fois que vous l'ouvrez, vous ne pourrez plus le poser. » — Avis ★★★★★

« Sexy, torride et captivant ! — Charmaine, Avis ★★★★★

"Intrigue, luxure et de superbes personnages... que demander de plus ?!" — Dragonfly Lady.

"Un livre incroyable. Une lecture excitante, très

divertissante, captivante et intéressante. Je ne pouvais pas le poser." — Kim F, Avis ★★★★★

"C'est tout simplement la meilleure histoire. Tout ce que j'aime et plus. Une histoire tellement géniale que je la relirai encore et encore. À conserver !!" — Wendy Ballard ★★★★★

"Il y a le nombre parfait de revirement de situations. Je me suis sentie instantanément lié à l'héroïne et bien sûr à M Black. MIAM. Le roman est excitant, insolent, torride. Il est tout." — Khardine Gray, auteur de romance à succès ★★★★★

INSCRIS-TOI À MA NEWSLETTER !

LIVRES DE CHARLOTTE BYRD

Tous les livres sont disponibles chez TOUS les grands distributeurs !

Si tu n'arrives pas à les trouver, s'il te plaît, envoie-moi un e-mail à l'adresse charlotte@charlotte-byrd.com

Série Soirée interdite
Soirée interdite
Règles interdites
Liens interdits
Contrat interdit
Limites interdites

La trilogie de La maison de York

La maison de York

La couronne de York

Le trône de York

Série Emmêlée Dans La Glace

Emmêlée Dans La Glace

Emmêlée Dans La Douleur

Emmêlée Dans La Dentelle

Emmêlée Dans La Haine

Emmêlée Dans l'Amour

Série Dis-moi d'Arrêter

Dis-moi d'Arrêter

Dis-moi de Partir

Dis-moi de Rester

Dis-moi de Fuit

Dis-moi de Lutter

Dis-moi de Mentir

À PROPOS DE CHARLOTTE BYRD

Charlotte Byrd est une auteure de best-sellers de romans contemporains. Elle vit en Californie du Sud avec son mari, son fils et un berger australien plein d'énergie. Elle adore les livres, le beau temps et les grandes eaux bleues.

Contactez-la ici : charlotte@charlotte-byrd.com

Trouvez ses autres livres ici : www.charlotte-byrd.com

Suivez-la ici : www.facebook.com/charlottebyrdbooks

Instagram : www.instagram.com/charlottebyrdbooks

Twitter : www.twitter.com/ByrdAuthor

Groupe Facebook : Charlotte Byrd's Reader Club

Tu veux être le premier à être informé de mes prochaines ventes, de mes nouvelles sorties et de cadeaux exclusifs ?

Abonne-toi à ma **Newsletter** et rejoins mon **Club de Lecteur** !

1

NICHOLAS

LORSQUE JE L'AI RENCONTRÉ...

LA PREMIÈRE CHOSE QUE VOUS DE DEVEZ SAVOIR SUR MOI C'EST QUE JE SUIS UN MENTEUR. Ma mère m'a appris à mentir et c'est la seule manière que j'ai eue de survivre en grandissant dans cette famille.

Maintenant, je mens pour gagner ma vie.

Je porte un masque tous les jours. Dans mon métier, c'est un prérequis.

Je portais un masque lorsque j'ai rencontré Olive Kernes. Je sais ce que vous voulez entendre.

Vous voulez que je vous dise que j'ai voulu le retirer dès que j'ai posé les yeux sur elle. Vous voulez que je vous dise que je suis tombé profondément amoureux d'elle et que j'ai pu l'enlever.

Ce serait toutefois mentir.

Parfois, je dis la vérité.

Olive est entrée dans ma vie après un autre mensonge. Maintenant, vous vous demandez certainement qu'elle est la part de mensonge dans ce que je lui ai dit...

Ma sœur était-elle vraiment sa meilleure amie quand elles étaient enfants ? Oui.

Est-elle morte ? Oui.

Est-ce qu'elle m'a écrit une lettre pour me demander de protéger la seule personne qui a toujours été là pour elle ? Oui.

Tout cela était vrai. Alors, quel était le mensonge ?

J'ai payé sa dette, parce que j'avais besoin d'elle.

Oui, j'ai promis à ma sœur morte que je veillerais sur elle et je l'ai fait. Je me suis occupé de sa dette et je lui ai fait une offre qu'elle ne pouvait refuser.

Je lui ai promis de la payer un million de dollars si elle travaillait avec moi pendant un an.

J'ai fait cette offre en partie pour la protéger parce qu'il y a un contrat sur sa tête et aussi parce que j'ai une mission que je ne pourrai pas accomplir sans elle.

Alors, quel est le mensonge ?

Je ne peux pas la payer. Pas encore, du moins.

Elle pense que le million est gravé dans le marbre, mais ce marbre est friable et j'ai besoin d'elle pour tout remettre en place.

Cela n'avait pas toujours été un mensonge par contre. Lorsque je lui ai fait cette promesse, j'avais l'argent.

Il était en sécurité dans une banque avec cinq autres millions.

C'est fou combien six millions peuvent durer dans le temps quand ils sont intelligemment placés. Il peut même grossir pour devenir sept. Puis, *ils* ont rejoint la partie.

— Je vais prendre la même chose que lui, dit un

homme au barman avant de s'assoir près de moi, en frôlant mon épaule au passage.

Son costume était une taille trop grande pour lui et fait en synthétique. Je me demande s'il a profité d'une offre deux pour un au même endroit où il avait eu sa coupe de cheveux au rabais.

— Mon Dieu, mais qu'est-ce que c'est ?

Il cracha presque la gorgée qu'il venait de prendre.

— De l'eau avec des glaçons, dis-je en regardant les bouteilles alignées sur les étagères devant nous.

— Non, non, non, dit-il en secouant la tête. Je vais prendre un verre de Macallan.

Il est toujours en service, alors techniquement il n'a pas le droit de boire. Il gagne peut-être soixante-dix mille par an, mais cela ne l'empêche pas de commander un verre de whisky qui coûte presque cinquante dollars.

Nous savons tous les deux que ce n'est pas exceptionnel. Il ne célèbre rien. Ce n'est qu'un mardi ordinaire.

– Tu sais, je suis surpris de te voir ici, Nicky, dit Art
Hedison.

Personne ne m'a appelé Nicky depuis que j'ai dix-
huit ans, mais il le dit chaque fois qu'il en a
l'occasion. C'était pour me remettre à ma place, mais
je refuse de le laisser faire.

– Je ne sais pas pourquoi tu as insisté pour qu'on se
voie, dis-je en prenant nonchalamment une nouvelle
gorgée de mon verre d'eau.

Le barman lui tend un verre. Il fait tourner les
glaçons pendant un moment avant de prendre une
gorgée.

– Alors que fais-tu de retour à Boston, Nicky ?

Je ne connais pas l'étendue de ses connaissances là-
dessus.

– Des affaires personnelles à régler.

Art se tourne vers moi.

Son visage se renfrogne. Il pense que c'est une
menace.

Ce n'en est pas une.

Je sais qu'il y a un an seulement, il n'était rien d'autre qu'un gratte-papier et qu'il a touché le gros lot en étant mis sur mon cas.

C'est comme cela qu'il pourra monter des échelons. Je suis son ticket pour avoir une grande carrière au Bureau.

— N'oublie pas qui tu es Nicky. Ou ce qui pèse sur toi, dit-il en jouant le rôle du mauvais flic.

Est-ce qu'il s'était entraîné devant la glace ? Je me le demande.

— Tu ne peux pas gérer des affaires personnelles pendant que tu travailles pour nous.

Il veut que je le regarde, mais je ne lui donne pas cette satisfaction.

— Pourquoi voulais-tu qu'on se rencontre, Art ? demandé-je.

— Je préfère que tu m'appelles M. Hedison, me corrige-t-il.

— Je préfère Nicholas, alors je suppose que nous devons tous les deux nous habituer à être déçus.

Sans dire un mot de plus, il se lève de son siège et va vers le fond du bar.

L'endroit est presque désert, mais ça reste un endroit public et il n'est pas assez bête pour discuter de ce genre de choses là où quelqu'un pourrait nous entendre. Ou peut-être qu'il veut tout simplement utiliser les toilettes.

Lorsque je jette un regard dans sa direction, je le vois attendre près de la porte du fond. Il hoche la tête dans ma direction. Je finis mon verre et je le suis à l'extérieur.

— Tu as pris ton temps, marmonne-t-il.

Les choses ne se passeront pas comme à l'entrainement.

Bien, nous ne pouvons pas toujours avoir ce que nous voulons.

— J'ai un nouveau travail pour toi Nicky, dit Art après avoir regardé des deux côtés de la longue ruelle immonde. Le réverbère le plus près se situe au coin de la rue et cela prend un moment pour que mes yeux s'adaptent à la noirceur.

— Je pensais que ton boss n'était pas content de mon travail de la dernière fois, dis-je.

— Ce n'est pas mon boss qui ne l'était pas, c'était moi, me corrige-t-il tout en ne ratant aucune occasion de flatter son égo. Je ris intérieurement.

— Excuse-moi, dis-je avec une pointe de sarcasme.

— Écoute, n'oublie pas à qui tu parles, dit-il en faisant un pas vers moi. Je suis ta seule planche de salut, espèce de connard.

Je serre la mâchoire. Du coin de l'œil, je vois sa main s'approcher de mon col, mais il se ravise au dernier moment.

C'est techniquement illégal pour les agents du FBI d'agresser leurs indics même quand ils ne *veulent pas* l'être.

— C'est ta dernière chance, dit Art en agitant un doigt devant mon visage. Si tu fais tout foirer cette fois, notre arrangement est à l'eau. Nous n'aurons plus besoin de toi.

2

NICHOLAS

LORSQUE J'EN SAIS PLUS SUR MON NOUVEAU TRAVAIL...

Je lui lance un regard furieux. Lui et moi savons tous les deux que c'est du bluff. Ils ont besoin de moi.

Je suis leur intermédiaire. Leur moyen d'entrer. Ils peuvent avoir un agent qui monte les échelons un à un, mais cela lui prendra du temps avant que quiconque lui fasse vraiment confiance. D'un autre côté, je suis l'un de leurs contacts les mieux placés parmi leurs travailleurs indépendants.

– Je pensais que vous étiez contents quand je vous ai apporté l'ordinateur portable, dis-je. Que cela aurait un peu amélioré votre humeur.

Ma déclaration prend Art par surprise. Il fait partie

du FBI depuis plus de dix ans, mais il a toujours fait un travail de bureau.

Il n'est pas encore doué pour cacher ses mains. J'ai compris qu'il faut de la pratique pour mentir aussi bien que je le fais...

- Qu'est-ce qui aurait dû me faire plaisir exactement ? me demande-t-il après avoir repris ses esprits. La partie où le projet a pris trois fois plus de budget et qui a pris trois fois plus de temps que prévu ? Ou la partie où un de nos précieux atouts s'est fait tuer et quand la police locale a commencé à mettre son nez partout ?

– Attends... quoi ? Je demande tout en essayant d'assimiler ce qu'il venait de dire.

– Oui, c'est vrai. Art hocha la tête. Tu ne sais pas tout, Nick. Peu importe ce que tu penses savoir.

Je savais que le travail avait coûté beaucoup plus et avait pris beaucoup plus de temps, mais c'est quoi cette histoire d'atout précieux ?

– Tu pensais que Caitlyn était seulement une escorte ? C'est faux. Elle travaillait pour nous, tout comme toi. Au noir, bien sûr.

– Pourquoi ?demandé-je en faisant un pas en arrière.

Je ne la connaissais pas, mais j'avais fait des
recherches sur l'agence que Dallas avait appelée.
C'est mon travail de tout savoir et je le prends très au
sérieux.

Je me suis renseigné sur tout le monde qui y
travaillait, les femmes *comme* les hommes. Je
connaissais leur vie personnelle et leur famille. Je
connaissais leurs identifiants en ligne et ce qu'ils
aimaient regarder sur la toile. Rien qui pourrait
laisser supposer qu'elle travaillait pour eux n'était
apparu dans mes recherches.

– Tu n'es pas le seul à être doué pour garder un
secret, dit Art. Parfois, le FBI l'est aussi.

Je secoue la tête incrédule. Je sais ce qu'ils ont sur
moi, mais que pouvaient-ils avoir sur *elle* ?

Voyez-vous, c'est le seul moyen d'entrer dans club
prestigieux.

Ils ouvrent un dossier sur vous, récupèrent des
preuves et ensuite, ils vous menacent de vous arrêter
et de vous envoyer en prison sauf si vous faites
quelque chose pour eux.

Croyez-moi, si vous faites quelque chose d'illégal, assurez-vous de gardes des preuves sur d'autres personnes avec qui vous travaillez et qui en font aussi pour avoir un moyen de pression pour réduire votre peine.

Je n'ai pas été assez intelligent, alors voilà où j'en suis.

Je dois payer pour mes fautes à la dure.

Le souci avec ce travail c'est qu'il est obligatoire et qu'il n'y a pas de fin de contrat. Quand je ne leur serai plus utile, alors ils vont me poursuivre pour les crimes qu'ils peuvent prouver.

Et en attendant ? Je dois continuer de risquer ma vie dans une série de besognes impossibles, qui consistent à aller prendre des choses de valeurs à des personnes pas très recommandables. Si je le fais assez longtemps, je suis presque certain que vous me retrouverez en prison pour le reste de mes jours ou dans un cercueil six pieds sous terre.

— Est-ce que tu vas me dire quel est le travail ou pas ? demandé-je. Je n'ai pas toute la journée.

— Non, tu ne l'as pas, rit Art.

Je fronce les sourcils.

Il semble être trop sûr de lui, même quand il s'agit de lui.

– Owen Kernes. Ce nom te dit quelque chose ?

Ma gorge se serre, mais je me force à respirer. Il peut s'agir de quelqu'un d'autre. C'est un nom assez commun.

– Owen Kernes, le frère de ta petite amie qui sort de prison au moment où on se parle, dit Art en prenant une cigarette.

Le sang bat à mes oreilles, je peux à peine entendre ce qu'il me dit. Je le regarde quand il prend la cigarette entre ses dents pour l'allumer et en prendre une longue bouffée.

- Pas facile d'arrêter, hein ? dit-il à mi-voix.

– Je ne saurais pas dire. Je n'ai jamais fumé.

– Petit veinard.

Il tira quelques bouffées, expirant à chaque fois dans mon visage. La fumée me pique les yeux et me chatouille la gorge, mais je ne lui donne pas la satisfaction de me voir sourciller.

– Tu ne peux pas avoir oublié Owen, non ? Vous avez un passif tous les deux si je me souviens bien. Que s'est-il passé déjà ? demande-t-il. Oh, oui, c'est vrai, tu lui as volé sa copine. Vous étiez amis. C'est méchant, mec, vraiment méchant.

C'était les grandes lignes, mais il manquait les détails.

Nous n'étions pas vraiment amis.

De plus, j'étais sorti avec elle en premier. Ensuite, nous avions rompu, je n'avais aucune idée qu'ils sortaient ensemble. Par contre, je ne pense pas qu'Art s'inquiète de détails de ce genre.

– Alors, c'est pour cela que j'ai mon nouveau travail ? demandé-je. Parce que nous avons couché avec la même fille ?

– Non, dit Art en prenant un chewing-gum.

Il le mâche délibérément lentement pour me faire attendre.

– Tu avais raison, dit-il en faisant une bulle.

– À quel propos ? demandé-je. Il fait éclater la bulle avant de répondre.

– À propos de tout ce que tu as dit à Olive.

Je deviens livide.

Mes mains deviennent glacées.

Il sait pour elle.

Il sait de quoi nous avons parlé. Comment peut-il le savoir ?

– Owen sort de prison parce qu'il a conclu un marché. Nous avons eu une petite conversation avec la commission des libérations conditionnelles et nous avons accéléré les choses de quelques années.

Je serre les poings, mais mon visage reste stoïque et sous contrôle. Il ne doit pas me voir transpirer. Il ne doit pas voir mon inquiétude.

– Les mecs contre qui il va témoigner le recherchent. Ou du moins leurs chefs. Son ancien patron. Ton ancien patron. Ils cherchent aussi ta copine.

– Et... alors ? demandé-je aussi nonchalamment que possible.

– Alors, nous avons besoin de lui et d'elle. C'est là que tu interviens. La dispute que tu as eue avec elle, c'est terminé maintenant. Tu vas tout mettre en œuvre pour que tout se passe bien avec Owen. Il doit te faire confiance. Tu dois faire de lui ton meilleur ami.

— Et ensuite ? je demande.

— Ensuite, je reviendrai avec de nouvelles instructions.

PLUS TÔT CE JOUR-LÀ...

3

OLIVE

Ce devrait être une bonne journée, mais j'ai l'estomac noué. Nicholas et moi venons d'avoir une énorme dispute et je ne sais pas où nous en sommes. Il est complètement contre le fait que j'aille chercher mon frère à sa sortie de prison et je suis totalement contre le fait qu'il pense que cela soit de ses affaires.

Pourquoi faut-il qu'il soit impossible ?

Pourquoi faut-il qu'il soit si compliqué ?

Pourquoi est-ce si difficile de vivre avec lui ?

Pourquoi pense-t-il que cela le regarde ?

Je suis tellement en colère que j'ai les jointures qui blanchissent à force de serrer le volant aussi fort. Je prends une grande inspiration et je me force à le relâcher juste un peu.

Il est tôt le matin et je n'ai pas dormi. Nicholas et moi nous nous sommes disputé une partie de la nuit et une fois arrivée dans mon lit, mon esprit continuait à tourner en rond.

Lorsque mon réveil a sonné à trois heures ce matin, j'étais tellement éveillée que je n'ai même pas eu besoin de café.

Prendre le petit-déjeuner était hors de question.

Je ne pouvais pas me forcer à manger une miette, mais je prends quand même une barre énergétique au cas où j'aurais faim plus tard.

Ce ne sera certainement pas suffisant et je vais probablement manger des friandises des distributeurs, mais au moins l'intention est honorable.

– Je t'emmerde Nicholas, je crie en serrant à nouveau le volant tout en ralentissant à un feu orange. Les rues sont désertes et trempées de pluie.

Tu ne comprends pas que j'ai besoin de toi ?

Tu ne comprends pas que tu agis en sale égoïste ?

Comment peut-il ? Je me demande. Nous avions parlé d'Owen pendant des heures, mais pas une fois je n'ai dit ce que j'avais besoin de lui dire.

Même maintenant, en fixant les abysses de la rue noire devant moi, je peux à peine l'admettre moi-même.

J'ai peur.

J'ai plus peur de le revoir que d'Owen lui-même.

Écrire c'est une chose. Je peux exprimer presque tout à travers des mots écrits.

Par contre, maintenant que je vais le revoir en personne ? Je suis terrifiée.

Un millier de *et si* déferle dans mon esprit.

Et si ce n'était pas vraiment la personne que je m'imaginais qu'il était ?

Et si nous ne nous entendions pas ?

Et si nous n'avions pas de sujet de conversation ?

Et s'il ne m'aimait pas ?

Tu ne comprends pas, Nicholas ? J'ai besoin de toi ici.

Tu aurais pu être notre *tampon*. Tu aurais pu être mon protecteur au cas où... nous n'aurions pas de sujet de conversation.

Pourquoi a-t-il fallu que *tu* compliques tout ?

Tu devais mettre toutes ces choses dans ma tête à propos de la personne que je n'avais pas le choix d'aller récupérer.

Il sort en liberté conditionnelle.

Je suis sa sœur.

Je suis la seule personne qu'il a au monde.

Je ralentis près de la prison et je me gare dans un emplacement pour les visiteurs. Je pensais que je devrais passer les contrôles de sécurité à nouveau, mais il me demande d'attendre ici.

– Combien de temps ? je demande.

– Je n'en ai aucune idée, mais cela peut prendre du temps, dit-il.

Je monte le volume de la musique pour étouffer les

mots de Nicholas, mais ils deviennent tout simplement plus forts.

— Owen a donné des preuves sur des personnes peu recommandables et c'est la seule raison pour laquelle il peut sortir en conditionnelle du premier coup, je l'entends dire. Ils veulent du sang. Ils veulent se venger. Ils l'exercerons sur lui et sur toutes les personnes qui lui sont chères. Il y a un contrat sur ta tête.

Lorsque j'avais découvert que l'offre de Nicholas, passer un an avec lui était un plan élaboré pour me protéger, j'étais en colère.

Il m'avait menti et ensuite il avait menti à nouveau.

Ensuite, nous avons été pris dans nos sentiments.

Du moins, c'est mon cas.

Il avait dit que c'était son cas aussi, mais si c'était seulement un autre mensonge ?

Depuis que nous sommes ensemble, deux personnes sont mortes.

Caitlyn, l'escorte qui avait interrompu mon entretien

à Dallas et l'homme qui avait surgi dans mon appartement et avait tenté de me kidnapper.

Caitlyn était une innocente et nous avons tous les deux son sang sur nos mains. Elle ne serait pas morte si je n'étais pas partie derrière Nicholas.

Elle ne serait pas morte si Nicholas n'avait pas appelé l'agence quand il avait cru que je n'arriverais pas à la chambre d'hôtel à temps.

Caitlyn est morte à cause de nos mensonges.

Je me sens coupable et pleine de regrets et il n'y a rien que je puisse faire à ce propos.

Pour ce qui est de l'homme masqué ?

Qui est-il et que voulait-il vraiment ?

Est-ce qu'il était venu après le témoignage d'Owen ?

Ou était-il venu pour Nicholas ?

Les arguments de Nicholas paraissaient plausibles, mais il y avait des doutes qui persistaient en périphérie.

La vérité est que je ne sais pas grand-chose de lui.

Je ne sais rien de son passé et je ne sais pas beaucoup de choses de son présent.

Quand je pense marcher en terrain connu, je me rends rapidement compte que c'est des sables mouvants.

Sa vie est un château de cartes, un mensonge s'empilant sur une autre. Et pourtant...

Pourtant, je suis attirée vers lui.

Je le veux. Ce n'est pas *seulement* quelque chose de sexuel.

C'est plus quelque chose de physique.

Je veux être en sa présence. Je veux être avec lui. Je veux en savoir plus sur lui.

Je veux connaître tous ses secrets et ses mensonges.

Je veux connaître la vérité même si je suis terrifiée.

La chose qui me terrifie le plus c'est : *et si* je trouve quelque chose qui m'empêcherait d'être avec lui ?

On frappe lourdement à la fenêtre ce qui me surprend. C'est un homme avec le crâne rasé et un grand sourire.

– Owen ! je glapis en cherchant la poignée de la
porte.

- Non, reste là ! crie-t-il en pointant la pluie qui
tombait maintenant littéralement. Laisse-moi
seulement entrer.

Il fait le tour de la voiture en courant pendant que je
la déverrouille. Je l'attrape avant qu'il ait la chance
de refermer la porte.

– C'est si bon de te voir, sanglote-t-il sur mon épaule
et les larmes commencent à couler sur mes joues.

4

OLIVE

LORSQUE NOUS RATTRAPONS LE TEMPS PERDU...

Cela nous prend quelques minutes avant de pouvoir nous séparer enfin. Nos joues sont mouillées et j'ai une grosse boule au fond de la gorge.

Les yeux d'Owen sont injectés de sang et sa peau cireuse. Ses yeux enfoncés sont ornés de cils épais.

Je tends la main pour essuyer ses yeux avec mes doigts. Il tourne son visage vers mes mains ouvertes pour embrasser le creux de mes paumes.

– C'est si bon de te toucher, Olive, dit-il.

Nous nous étions vus lors de mes visites, mais c'est la première fois depuis plusieurs années que nous pouvons nous serrer dans les bras.

Lorsque je lui avais rendu visite en prison, nous avions le droit à une accolade rudimentaire au début et à la fin de chacune des sessions et aucun contact le reste du temps.

— Je sais, j'ai du mal à croire que tu sois vraiment là, dis-je en serrant ses épaules lors d'une nouvelle étreinte.

Je passe mes doigts sur l'arrière de sa tête et je sens le picotement de ses cheveux courts. J'espère qu'il les laissera pousser maintenant qu'il est sorti.

— Écoute, partons d'ici, dis-je en mettant le moteur en marche.

— Tu as lu dans mes pensées.

Je retourne rapidement vers l'autoroute et ce n'est que lorsque j'ai parcouru une quinzaine de kilomètres que je ressens une vague de soulagement.

Owen est réellement libre et personne n'est venu nous récupérer sur le parking.

Ne sachant pas trop quoi faire d'autre pour célébrer l'occasion, je propose de l'emmener déjeuner dans les environs.

Une fois à l'intérieur, il commande un gros petit déjeuner qui comprend trois piles de pancakes, deux gaufres, une omelette et une tasse de café noir qu'on pouvait demander à remplir à nouveau. J'opte, pour ma part, pour une tartine à l'avocat.

En conduisant jusque-là, je pensais que nous n'aurions pas beaucoup de sujets de conversations, mais les mots déferlent d'un côté comme de l'autre. Nous parlons pratiquement en même temps.

L'alphabétisation est une de ses grandes passions et il parle beaucoup du fait que soixante pour cent des prisonniers américains sont pratiquement illettrés. Ils peuvent comprendre des phrases simples, mais leurs habiletés à lire ou à écrire sont celles d'enfant de sept ans, ce qui leur rend la tâche très difficile pour trouver un véritable emploi.

Je n'avais aucune idée qu'Owen était dyslexique quand il était enfant et notre mère pensait (et elle lui avait dit ainsi qu'à tout le monde d'ailleurs) qu'il était seulement idiot.

En prison, il avait décidé d'obtenir son diplôme d'étude secondaire et son professeur avait découvert qu'il ne savait pas lire. Une fois qu'il avait appris, il avait lu tous les livres sur lesquels il pouvait mettre la main et il avait même commencé à travailler sur un mémoire autobiographique.

Il avait passé les dernières années de son incarcération à enseigner aux autres détenus à lire et à écrire.

Je savais tout cela grâce à ses mails et à nos conversations dans la salle des visites, mais c'est merveilleux de l'entendre à nouveau dans le monde libre. Toute la passion qu'il pouvait transmettre était amplifiée.

– Alors et toi ? Ta carrière ? Est-ce que tu aimes ton travail ? demande-t-il.

Je prends une grande inspiration.

La réponse n'est pas quelque chose qui le rendra heureux. Devrais-je lui mentir ou devrions-nous parler de la chose qui fâche ?

– Ça va. Ce n'est pas ce que je préfère et je ne sais pas si c'est vraiment une carrière, dis-je finalement me dégonflant.

Owen pencha la tête, tout en mordant fiévreusement dans sa gaufre.

– Dis-moi tout, dit-il en mâchant la bouche ouverte.

– Je ne sais pas vraiment par où commencer, dis-je en haussant les épaules. C'est seulement que j'ai dû travailler comme une folle pour avoir ma place chez Wellesley, comme tu le sais. J'ai étudié les mathématiques, probablement une des matières les plus difficiles. Je voulais passer en troisième cycle, mais j'ai pensé que je devrais travailler d'abord et me faire des économies et voir comment se passent les choses dans le monde du travail, je suppose.

– Oui, continue, me presse-t-il quand je fais une pause pour rassembler mes pensées.

C'est la première fois que je dis tout cela à voix haute et cela me semble étrange et complètement anormal. Je me force toutefois à continuer.

– Alors, ce n'est pas exactement aussi formidable que je le pensais. Avoir une carrière, je veux dire.

- Que veux-tu dire ? demande-t-il.

– Je ne sais pas, mais cela n'est pas vraiment

satisfaisant. Je pensais que je ferais quelque chose d'important. Comme ces femmes sortant dans leur tailleur et ayant des déjeuners d'affaires, je sais que ce n'est pas la réalité, que ce n'est que de la télévision, mais je pensais que ce serait quelque chose comme ça, tu vois.

J'essaie d'ignorer que je suis en train de dire que je n'aime pas ma vie à quelqu'un qui a passé les années de la siennederrière les barreaux et qui continue à avancer. Si quelqu'un pouvait comprendre cela, c'était bien lui.

- Cela ressemble à quoi ? demande Owen.

– C'est... ennuyeux, dis-je en haussant les épaules. Je ne sais pas trop comment présenter les choses autrement. C'est ennuyeux. Je vais au bureau tous les matins, je vérifie mes mails, ensuite je fixe mon téléphone pendant environ une heure avant de me forcer à travailler. Mon travail consiste à fabriquer des questions de mathématiques pour ses tests normalisés que passent les enfants à l'école. Le problème avec ces tests, c'est qu'ils ne sont pas conçus pour évaluer les enfants, mais pour voir si les professeurs enseignent le contenu des tests assez efficacement pour qu'ils puissent garder leur emploi.

Owen fait signe à la serveuse pour qu'elle vienne remplir sa tasse de café.

– Rien de tout cela n'est lié à un véritable apprentissage. Ils pourraient enseigner aux enfants comment résoudre ces problèmes facilement, mais ils veulent vendre des livres et du matériel de test aux écoles, alors ils ont débarqué avec ce nouveau type de math qui est difficile à écrire même pour moi, sans parler de l'apprentissage des enfants. Les professeurs sont forcés d'enseigner seulement de quoi répondre aux tests pour conserver leur emploi et mon travail perpétue ce cycle.

– Alors... Ce que je comprends, c'est que tu n'es pas épanouie dans ton travail, dit Owen et nous éclatons tous les deux de rire.

– Je ne devrais pas m'en plaindre. C'est idiot, dis-je. C'est toi qui as de vrais problèmes.

– Ce n'est pas vrai, dit Owen. Il n'y a pas de problèmes idiots. C'est ce que tu ressens et tu traverses quelque chose d'important.

Je lui souris et je tends la main vers lui pour la poser sur la sienne.

– Comment es-tu devenu si intelligent ? demandé-je
en la lui serrant un peu.

– C'est fou ce que la lecture peut être bénéfique,
dit-il.

5

NICHOLAS

LORSQUE JE LA SURVEILLE..

Après le départ d'Art, je monte dans ma voiture et je reste assis un moment à l'intérieur en fixant la lumière vacillante au-dessus de ma tête.

Qu'est-ce que je fais maintenant ? Si je veux qu'Art reste content, je dois faire ce qu'il me demande.

Ce qui signifie trahir Olive parce qu'Owen est son frère et ils sont très proches.

Je ne connais pas les paramètres du travail qu'Art me réserve, mais me lier d'amitié avec Owen n'est pas bon signe. Les détails ne sont pas importants pour le moment parce que je connais déjà le scénario.

Art a besoin que je me rapproche d'Owen pour que

ce dernier me fasse confiance. Art désire qu'Owen me fasse confiance pour que je sois en position de pouvoir le trahir. C'est l'histoire de ma vie depuis que j'ai perdu Lance.

En grandissant, nous sommes soit l'enfant qui pense à son avenir ou celui qui n'y pense pas.

La télévision nous ferait croire que la plupart d'entre nous y pensent, mais mon expérience m'a démontré le contraire. Autrement personne ne serait un dealer de drogue, un membre de gang ou une prostitué. Ces professions sont seulement une des choses qui arrivent quand les gens doivent prendre des décisions qui ont du sens à un moment précis de leur vie.

Organiser la vie que quelqu'un est un privilège.

Ou peut-être pas. C'est peut-être seulement des bêtises que je ressasse pour donner du sens à ma vie, pour ne pas me sentir comme un étranger tout le temps.

La vérité est que je ne pense que très rarement à mon propre futur.

Ma mère n'était pas du genre à me demander : « Dis-moi, chéri, qu'est-ce que tu veux faire quand tu seras grand ? » Elle n'était même pas du genre à me dire chéri.

Elle était trop occupée à prendre des cachets et à crier sur un de ses petits amis pour s'en inquiéter.

La seule chose à laquelle je pensais quand j'étais enfant c'était comme ça serait bien d'être riche. J'ai eu une voisine une fois, une fille, un an plus jeune que moi, qui était aussi pauvre que moi.

On leur coupait souvent l'électricité parce que ses parents n'arrivaient pas à payer les factures et cela ne semblait jamais la gêner.

Armée de sa carte de bibliothèque, elle avait un accès gratuit à tous les livres qu'elle pouvait lire et c'était suffisant pour elle.

Elle semblait être sur un autre plan d'existence.

Les autres enfants se moquaient d'elle parce qu'elle n'avait pas les bons vêtements et parce que ses baskets étaient trouées. Quand je lui en avais parlé, elle avait seulement haussé les épaules.

Si cela avait été n'importe qui d'autre, j'aurais dit qu'elle mentait.

Ce n'était pas le cas de cette fille.

Elle avait son histoire et c'était plus qu'assez.

J'aurais aimé être comme elle. J'aurais aimé ne pas désirer le pouvoir, la richesse et trouver un raccourci pour les avoir tous les deux.

Être riche signifiait avoir des personnes pour s'occuper de soi et ne pas s'inquiéter d'une éventuelle coupure de chauffage.

Dans mon voisinage, les seules personnes qui avaient quelque chose qui y ressemble, c'était les membres de gang et les dealers de drogue.

Puisque je ne voulais être ni l'un ni l'autre, j'ai développé quelques compétences spéciales. Avec mon partenaire et meilleur ami, Lance Bredinsky, je les ai perfectionnées.

Le dernier travail que Lance et moi avions fait était de voler un collier Harry Winston d'une valeur de deux millions de dollars d'un couple de Martha's Vineyard. Ce collier nous piègerait tous les deux pour toujours.

Notre chef ne savait pas que nous faisions des

boulots de notre côté, sans parler de quelque chose d'aussi gros. Du moins, c'était ce que nous pensions.

Notre projet était de vendre le collier, faire profil bas pendant quelques années, vivre selon nos moyens, et commencer notre vie sous une nouvelle identité quelque part dans l'ouest.

Pendant un moment, tout a fonctionné selon le plan.

Le couple était rentré et n'avait rien remarqué.

Nous avions remplacé le collier avec une réplique exacte faite par un artisan spécialiste dans les cristaux de Roanoke et on avait même pris la femme en photo avec ce truc de mauvais goût à un bal dans les Hamptons.

C'était gagnant-gagnant. Nous étions riches et notre cible n'avait jamais remarqué qu'on lui avait pris quelque chose.

Ensuite, un promeneur de chien avait trouvé le corps de Lance dans le marais. Les personnes qui nous avaient acheté le collier venaient tout juste de faire un virement d'un million deux cent mille dollars sur notre compte suisse, créé sous nos nouvelles identités, et nous venions de le célébrer dans un restaurant discret chez Denny.

Qui l'avait tué et pourquoi ? Je ne le sais toujours pas aujourd'hui.

Ce que je sais, c'est que je suis le suspect numéro un.

Je démarre la voiture et je conduis jusqu'à l'immeuble où se situe l'appartement d'Olive. Je trouve une place pour me garer juste devant et je la regarde faire les cent pas dans son appartement. Je ne vois pas Owen, mais je sais qu'il est là.

Comment suis-je supposé faire en sorte que cela fonctionne ?

Comment suis-je supposé faire en sorte qu'il me fasse confiance à nouveau ? Comment suis-je supposé décevoir la femme pour qui je pourrais ressentir de l'amour ?

Quels choix s'offrent à moi ?

Le FBI a un gros dossier sur mes méfaits et si je ne coopère pas, je serai mis sur le carreau pendant un long moment.

Non, je dois jouer le jeu.

Pour le moment, du moins. Premièrement, je dois savoir ce que je vais faire.

Cela me prend un moment pour trouver un bon plan.

Cela demande des recherches et de la détermination.

Cela demande de l'engagement.

Pour le moment, je vais devenir son ami. Si je souhaite être là pour protéger Olive, je dois m'assurer qu'Owen me fasse confiance.

Peu importe la personne qu'il a dénoncée et qui le pourchasse, je dois rester près d'Olive pour l'aider dans le cas où les évènements se reproduiraient.

JE M'IMMISCERAIS DANS LEUR CERCLE INTIME POUR QUE JE PUISSE ÊTRE LÀ.

Je prends une grande inspiration et je sors.

6

OLIVE

DE RETOUR À MON APPARTEMENT, Owen et moi nous nous faisons plaisir avec quelques verres. Maintenant qu'il est en liberté conditionnelle, cela vient avec quelques règles.

Trouver un véritable emploi.

Ne plus traîner avec des criminels.

Ne pas quitter la ville.

Pas de drogue ni d'alcool.

Owen doit aller voir son contrôleur judiciaire demain matin, alors ces règles ne sont pas gravées dans le marbre pour le moment.

Une bière ou deux ne feront pas de mal, non ?

— J'ai du mal à croire que je ressens les effets de
l'alcool au bout de seulement trois bières, dit Owen.
Tu aurais dû voir combien il m'en fallait à l'époque.

— Je ne suis pas certaine que ce soit quelque chose
dont tu dois être fier, dis-je en riant tout en finissant
ma seconde.

— Je n'en boirai pas plus après celle-ci, dit-il en
décapsulant une autre bouteille. Je ne ferai pas partie
de ces idiots qui retournent en prison parce qu'il ne
suivent pas les conditions de leur libération sur
parole. Je les suivrai toutes à la lettre, tu vois ce que
je veux dire ?

J'acquiesce et je souris.

— Je serai là pour toi, dis-je.

Par contre dix ans c'est long sans boire une goutte
d'alcool, ajoute-t-il en prenant une gorgée. Je suis
d'accord, mais je sais aussi qu'il ne peut pas en boire
plus ce soir.

— D'accord, ça suffit, j'insiste. Tu ne voudrais pas te
présenter devant ton contrôleur demain avec une
gueule de bois.

– Le contrôleur judiciaire et l'officier de probation ne sont pas la même chose, dit-il en riant et en hochant la tête en signe d'approbation.

Cela me prend une seconde pour comprendre sa phrase.

– Attends… quoi ? je demande à travers le brouillard dû à l'alcool.

Je ne suis pas une grande buveuse et même boire un verre un peu trop vite me rend les jambes flageolantes.

– N'aie pas l'air si horrifiée, plaisante Owen. La plupart des gens ne le savent pas. Pourquoi le sauraient-ils ? Les officiers de probation et les contrôleurs judiciaires ont des tâches similaires, les officiers de probation s'occupent des personnes libérées de prison et les contrôleurs judiciaires supervisent ceux qui ont été condamnés à du sursis plutôt que d'être incarcérer.

Je le fixe pendant un instant pour me laisser m'imprégner de tout cela.

– D'accord, j'ai compris ça, mais laisse-moi te poser une autre question, dis-je.

— Dis-moi.

— Pourquoi commencez-vous tous à avoir ce vocabulaire formel de policier en sortant de prison ?

Il fronce les sourcils, confus.

— Par exemple, au lieu d'une voiture, tu as dit un véhicule. Au lieu d'une femme, c'est une femelle. Tu vois, ce genre de mots formels.

Owen retrousse ses lèvres pour montrer qu'il réfléchit à la réponse.

— Je suppose que j'ai passé trop de temps avec des policiers, dit-il et nous gloussons tous les deux.

Owen et moi avons beaucoup ri ce soir.

Toutes les inquiétudes que j'avais pu avoir à propos de cette journée ont disparu.

Il est exactement la personne que j'ai appris à aimer à travers ses mails, seulement c'est encore mieux que ce que j'avais imaginé.

Il est amusant.

Il a un bon sens de l'humour.

Il sait exactement quoi dire pour améliorer mon humeur.

Il ne se prend pas trop au sérieux.

— Alors, ça doit te démanger de sortir et de t'amuser, dis-je au bout d'un moment. Avec une fille, je veux dire.

- Tu veux dire une fille qui n'est pas ma sœur ? plaisante-t-il.

Je hausse les épaules.

— Je sais que c'est génial de passer du temps avec moi, mais tu as des... besoins.

— Oh, mon Dieu, tu me fais passer pour un gros nul.

— Je ne dis pas que les femmes n'ont pas de besoins. Si j'avais passé autant de temps en prison, la seule chose que je voudrais vraiment c'est d'avoir une relation sexuelle.

Owen secoua la tête.

— Quoi ? Est-ce que je me trompe ? je demande.

— Non, tu ne te *trompes* pas. J'ai... seulement du mal à croire que je parle de ça avec ma *sœur*.

– Hé, ce n'est pas pour ça qu'existent les frangins ?

Nous rions.

– D'accord, je vais te dire quelque chose maintenant, dit Owen en prenant une autre gorgée de sa bière. Par contre, tu dois promettre que tu ne le diras jamais à personne. Jamais.

– Oui, bien sûr, je marmonne.

– Olive, je suis sérieux. Tu dois vraiment me promettre.

Je prends un instant pour reprendre mon calme. Je force mon sourire à quitter mon visage, et je hoche sérieusement la tête.

– D'accord, oui, je ne dirai rien à personne.

– Oui, je voudrais m'envoyer en l'air, mais... Je n'étais pas réellement célibataire à l'intérieur.

– Oh, c'est vrai ? Mes sourcils se lèvent jusqu'au milieu de mon front. Avec qui ? Ton compagnon de cellule ? Un mec au bout du couloir ?

- D'accord, ne t'excite pas trop ! dit Owen en riant.

Bigre. Je souris.

– Alors... C'était ça l'intrigue ?

– J'avais cette relation avec... mon professeur.

Je reste bouche bée.

– Elle a commencé à travailler là-bas il y a environ un an et nous avons commencé à flirter et une chose en a amené une autre.

– Oh, mon Dieu, je murmure. Est-ce que tu es sérieux ?

Il acquiesce.

– Alors, vous l'*avez* fait ?

Owen rit en hochant la tête.

– Sérieusement ? Mais comment ? Je pensais qu'il y avait des caméras partout.

– Tu serais surprise à quel point les détenus peuvent être discrets après quelques années à l'intérieur. Et non, il n'y a pas des caméras partout et toutes les caméras ne sont pas surveillées en même temps. C'est comme ça que les gens se font tuer et... peuvent coucher.

– Alors, elle ressemble à quoi ? demandé-je.

Il y réfléchit un moment, cherchant les bons mots.

— Douce. Innocente. Pas d'un point de vue extérieur par contre.

Je ne suis pas certaine de ce que cela signifie, je penche la tête sur le côté.

— Elle a sa coquille, explique Owen. Plus forte et plus difficile à percer que la plupart des mecs que j'ai rencontrés à l'intérieur. Elle ne se laisse pas embrouiller et elle ne fait pas semblant.

— Comment a-t-elle fini par tomber amoureuse de toi ?

— Très drôle.

Il leva les yeux au ciel et sourit. Toutefois, l'expression de son visage devient sérieuse.

— Nous parlions un jour du Comte de Monte-Cristo. J'étais vraiment fier de moi parce que j'avais lu tout le livre. Il avait bien plus mille pages. J'étais vraiment inspirée par l'histoire de ce pauvre homme illettré qui a été condamné pour un crime qu'il n'a pas commis, envoyé dans une affreuse prison où il a été soumis aux pires cruautés qu'un homme puisse endurer... Et malgré tout cela, il avait appris à lire et à *apprendre* et il avait commencé une nouvelle vie.

– Il y a une partie où il découvre un trésor et où il se venge de toutes les personnes qui lui ont fait du tort, j'ajoute avec un sourire.

– Oui, ces parties étaient pas mal aussi, ajoute-t-il avec un large sourire. Bref, nous parlions de ça et j'ai touché sa main et ensuite je me suis penchée vers elle pour l'embrasser.

– Tu as fait ça ?

Mes yeux s'illuminent alors que je me penche en avant pour avoir plus de détails.

– Oui, je l'ai fait. C'est arrivé comme ça. Je ne savais même pas que j'avais des sentiments pour elle avant de le faire et ensuite je ne pouvais pas m'empêcher de penser à elle.

– Alors et maintenant ? je demande.

– Je ne sais pas, dit-il en haussant les épaules. Nous verrons.

Je mets mes bras autour de mon frère et je le serre fort contre moi. Il avait traversé tant de peine et de souffrance, maintenant les choses s'arrangeaient pour lui.

– Tout ira bien maintenant, je lui murmure. Je le sais, c'est tout.

Je me sépare de lui quand on entend quelqu'un frapper lourdement à ma porte.

Mon cœur sombre.

Qui cela peut-il bien être ?

7

OLIVE

LORSQUE LES CHOSES S'INTENSIFIENT...

En marchant vers la porte d'entrée, je retiens mon souffle. Si c'était quelqu'un qui nous voulait du mal, il ne frapperait pas, hein ?

Ils surgiraient simplement dans l'appartement.

Je me mets sur la pointe des pieds pour voir par le judas. Un soupir de soulagement me submerge avant qu'une nouvelle vague d'anxiété n'arrive.

Ce n'est pas un étranger qui vient le tuer (ou moi), mais ce n'est pas quelqu'un que je désire voir maintenant non plus.

– Olive, je dois te parler, dit Nicholas

– Je ne peux pas pour le moment. Va-t'en, dis-je en

m'éloignant.

Il frappe à nouveau.

Et encore.

- C'est lui, n'est-ce pas ? demande Owen.

– Ignore-le.

– Pourquoi est-il *ici* ?

– Je ne sais pas.

Je hausse les épaules.

- Est-ce qu'il te harcèle ? demande Owen.

Je fronce les sourcils et je le regarde incrédule.

– Non, je réponds un secouant la tête.

– Alors, pourquoi est-il ici ?

– Parce que c'est mon petit ami et que nous nous
sommes disputés.

Quand je me détourne de lui, je lève les yeux au ciel.
Les coups de Nicholas sur ma porte résonnent dans
mon appartement.

– Va-t'en ! Je t'appellerai demain ! je lui crie.

– J'ai besoin de te parler, crie-t-il.

– Non, je ne suis pas seule.

Je récupère les assiettes et les bouteilles de bière sur la table à café et avant que j'ai posé le tout près de l'évier, Owen ouvre la porte.

Le monde commence à se mouvoir au ralenti.

Avant d'avoir pu disposer de la vaisselle, mon corps se tourne vers l'entrée dans un effort pour éviter l'inévitable.

Nicholas n'est pas supposé être là, car il sait qu'Owen reste chez moi.

C'est pourquoi je ne l'ai pas laissé entrer.

Je voulais les garder séparés jusqu'à ce que je trouve une manière plus délicate de gérer tout cela. Mais maintenant...

L'assiette tombe sur le sol avec fracas, ce qui fait sursauter Owen et Nicholas.

Moi, le son ne me perturbe pas, par contre.

Je passe par-dessus les dégâts et je m'approche d'eux.

– Je ne veux pas parler maintenant, dis-je la voix

craquant au milieu de la requête. Je t'appellerai demain !

— Écoute je voulais seulement passer te voir pour m'excuser, dit rapidement Nicholas. Je suis vraiment désolé. Je n'aurais jamais dû te mettre dans cette position. J'ai été un connard égoïste.

— Quoi de neuf ? dit Owen à mi-voix.

Mes yeux s'écarquillent, je m'attends à des retombées de la part de Nicholas.

À ma grande surprise, il ne mord pas à l'hameçon.

— Bonjour, je suis Nicholas, dit-il en lui tendant la main. Vous devez être Owen.

- Tu ne te souviens pas de moi ? demande Owen en croisant les bras.

Nicholas laisse sa main tendue un moment avant de la remettre dans sa poche.

— Bien sûr que je me souviens, dit Nicholas en rencontrant son regard.

Ils se fixent avec de la colère dans les yeux, avec tellement d'intensité que des éclairs électriques surgissent entre eux.

– Je pensais me présenter pour que nous démarrions sur de meilleures bases.

– Je ne suis pas intéressé pour commencer quelque chose de nouveau, dit Owen. Ma sœur t'a demandé de partir, alors fais-le.

Nicholas pend une grande inspiration.

Je déteste la manière dont Owen le lui a demandé, mais je veux que Nicholas fasse ce qu'on lui demande.

Ce n'est pas le bon moment pour ça.

À la place, il se glisse entre nous et s'agenouille devant la vaisselle brisée.

– Je vais m'occuper de ça, c'est bon, je commence à dire alors qu'il est déjà en train de les apporter vers la poubelle.

– Je suis désolé de t'avoir surprise, murmure-t-il.

– Tu dois partir, je lui murmure en retour.

Owen et moi avons parlé de presque tout sauf de ce qui est vraiment important.

Je me demande maintenant si c'était une erreur.

Il avait seulement eu quelques aperçus de la relation avec Nicholas et je ne sais rien des raisons qui ont mené à sa libération.

Est-ce qu'il a vraiment livré quelqu'un ?

Est-ce que cette personne veut une vendetta ? Ou est-ce que Nicholas a seulement rempli ma tête de mensonges ?

— Alors, je suppose que je te parlerai demain, dit Nicholas alors qu'une vague de soulagement me submerge.

— Oui, bien sûr.

Je trébuche sur les mots.

- Ou je pourrais peut-être rester pour prendre un verre ? demande-t-il d'un air séducteur.

Il ne s'impose pas. Il propose seulement une idée. Sans pression.

— Ce n'est pas une bonne idée. Il commence à être tard et Olive doit aller au travail demain matin, intervient Owen.

Je ne sais pas s'il essaie d'aider ou s'il essaie d'assoir

son territoire, mais dans les deux cas il n'a aucun droit de le faire.

– Non, elle n'y va pas, dit nonchalamment Nicholas.

Je me retourne et je lui lance un regard sévère, mais ce n'est pas assez pour qu'il arrête de parler.

En se tournant vers lui, il explique :

– Nous n'avons pas de travail demain. Alors, vous pouvez passer la journée ensemble si vous le souhaitez.

Owen me regarde. Je ne dis pas un mot.

– Que veut-il dire par *nous* ?

Je ne réponds pas.

Ce n'est pas de ses affaires.

Je n'ai pas à m'expliquer dorénavant. Je ne suis plus une enfant.

– Je pensais que ton travail consistait à écrire des questions pour des tests d'une entreprise dans l'éducation, demande Owen.

– C'est ce que je faisais, dis-je finalement quand le silence devient insupportable.

Je lui énumère les raisons pour lesquelles je ne voulais plus travailler là-bas, même si je doute qu'il s'en soucie.

Toute son attention est concentrée sur Nicholas.

Pendant qu'Owen se renfrogne, Nicholas affiche un demi-sourire qui donne à son expression quelque chose entre l'acquiescement et le dédain.

- Alors que fais-tu maintenant ? me demande doucement Owen. Tu travailles pour lui ?

Je fais un léger signe de tête.

— À faire quoi exactement ? Mentir ? Arnaquer ? Frauder ? Ou vous êtes-vous passé à quelque chose d'autre ?

— De quoi parles-tu ? voulus-je savoir avec la colère qui commençait à grandir au fond de moi.

— Quelqu'un est mort déjà ? demande Owen la voix larmoyante.

Des frissons me parcourent. De quoi parle-t-il ? Qu'est-ce qu'il sait ? Est-ce qu'il fait référence à Caitlyn ou à l'homme qui a essayé de me kidnapper ?

– Tu dois te calmer Owen, dis-je. Je ne te dois
aucune explication.

– Oui, tu le dois. Surtout si tu dois faire ce qu'il aime.

– Il n'y a rien qui cloche avec lui, j'insiste. Il n'a pas
passé dix ans en prison.

– Je t'emmerde, Olive. J'essaie seulement de veiller
sur toi.

– Elle n'a pas besoin de toi pour veiller sur elle,
intervient Nicholas.

– La ferme ! Tous les deux, je leur crie à tous les
deux. Je ne sais pas pour qui vous vous prenez, mais
vous ne pouvez pas seulement faire irruption dans
ma vie et commencer à me dire quoi faire. Je suis
adulte depuis un moment maintenant et je prends
mes propres décisions.

Je marche vers Nicholas et je pose une main sur son
torse.

– S'il te plaît, pars, je lui dis doucement. Il est mon
frère et il n'a nulle part ailleurs où aller.

– N'essaie pas de me remonter le moral, d'accord, dit
Owen de l'autre côté de la pièce.

— La ferme ! je lui siffle.

Nicholas me fait un signe de tête et me laisse le faire traverser la pièce.

Lorsque nous rejoignons Owen dans l'entrée, il prend un moment avant de nous laisser passer.

- Est-ce que je peux te voir demain ? demande Nicholas.

— Non, tu ne peux pas, répond Owen à ma place.

— La ferme, dis-je et je me tourne vers Nicholas. Je ne sais pas. Peut-être.

— S'il te plaît. Je dois te parler de quelque chose.

— Écoute, mec, elle a déjà dit non. Tu ne peux pas accepter ça comme réponse ? dit Owen en levant un doigt.

— Pourquoi ne dégages-tu pas ça de mon visage, dit Nicholas en le prenant dans sa main.

Une seconde plus tard, l'un deux donne un coup de poing et une vraie bagarre commence.

8

OLIVE

LORSQUE LES CHOSES S'INTENSIFIENT...

UNE FOIS QU'ILS ONT COMMENCÉ À S'ENVOYER
DES COUPS DE POING, je peux à peine passer à côté
d'eux sans en recevoir. Ils me laissent un espace
symbolique pour que je m'échappe et une fois que je
suis sortie, leurs poings fermés s'abattent l'un sur
l'autre.

– Arrêtez ! Arrêtez de vous battre ! je crie le plus fort
que je le peux.

Lorsque je fais un mouvement pour les séparer, un
coude entre en collision avec mon épaule et me
propulse contre le mur.

- Regarde ce que tu as fait ! crie l'un d'eux.

- Tu es celui qui m'a poussé à le faire ! crie l'autre.

La douleur dans mon épaule monte et descend le long de mon bras et je ne peux pas m'empêcher de m'appuyer contre le mur et de glisser sur le sol.

Cela semble être efficace, car ils viennent tous les deux au-dessus de moi, leur visage montrant de l'inquiétude.

– Vous êtes tous les deux des connards, je murmure entre les dents.

– Tout est de sa faute, disent-ils simultanément. Je secoue la tête et j'essaie de me remettre sur mes pieds. Owen me repousse sur le sol.

– Éloigne-toi d'elle, dit Nicholas. Tu ne vois pas qu'elle essaie de se mettre debout ?

- Ne me touche pas ! rugit-il en retour.

Je n'ai plus d'énergie à leur consacrer, je glisse hors de leur atteinte en gardant le dos contre le mur et les fesses sur le sol.

Dès que j'ai assez d'espace, je grimace et je me force à me remettre sur mes pieds.

Je vais jusqu'à la cuisine avant qu'ils ne remarquent que je suis partie.

Lorsqu'ils le remarquent enfin, ils courent vers moi.

— Restez loin de moi, leur dis-je à tous les deux.

Mes yeux passent d'un visage confus à l'autre.

Owen ouvre la bouche pour dire quelque chose, mais je mets mon index sur sa bouche.

— Je suis tellement... arrive à dire Nicholas avant que je le fasse taire aussi.

— J'en ai marre de vous, dis-je finalement lorsque j'ai toute leur attention. De tous les deux.

Je fais une pause et j'attends qu'ils parlent, mais ils savent que ce n'est pas une bonne idée.

— Owen, j'ai quitté mon travail parce que je le détestais. Nicholas m'a seulement donné le coup de pouce dont j'avais besoin pour faire quelque chose... de dangereux, dis-je.

Nicholas sourit à Owen avec un air suffisant.

— Nicholas, tu m'as fait une offre que je ne pouvais

pas refuser, mais cela ne veut pas dire que ça te donne le droit de me dire quoi faire. Nous sommes partenaires et si je ne veux pas faire un travail en particulier, alors je ne le ferai pas.

Il ne répond pas.

– Owen, tu peux rester ici autant de temps que tu le désires et rien de ce que pourra dire Nicholas ne changera ça. Par contre, si tu veux rester dans ma vie, dis-je en pointant Nicholas, tu dois accepter le fait qu'Owen est mon frère et tu ne pourras pas changer ce que nous avons.

C'est maintenant au tour d'Owen de sourire à Nicholas d'un air satisfait.

Je choisis de les ignorer tous les deux pendant un moment et de me consacrer à la douleur de mon épaule.

J'ouvre le congélateur et j'en sors un sac d'asperges congelées.

Je retire mon chemisier à manche longue et je place le paquet froid le plus près possible de l'endroit où l'impact a eu lieu.

Me voyant en difficulté, Owen et Nicholas me

proposent tous les deux de l'aide, mais je leur oppose tous les deux un non merci. Je ne veux pas prendre parti avec aucun des deux pour rester le plus neutre possible.

Lorsque mon épaule devient engourdie sans pour autant aller mieux, je repose le sachet dans le congélateur et je me sers une tasse de thé.

Je veux demander à Nicholas de partir, mais j'ai peur que cela donne l'impression que je prends le parti d'Owen.

En fait, je suis heureuse qu'il soit là.

Je détestais la manière dont nous avions laissé les choses et j'espérais pouvoir négocier une sorte de paix entre les deux hommes les plus importants de ma vie.

Alors que cette pensée me traversait l'esprit, je fis une pause pour la considérer.

Lorsque j'étais enfant, j'étais très proche de mon père. Il faisait des compétitions de natation au collège et il avait l'habitude de m'emmener régulièrement à la piscine du YMCA.

Être dans l'eau le détendait plus que n'importe quoi

d'autre et c'était lui qui m'avait appris à nager avec des lunettes de piscine quand j'avais seulement dix-huit mois.

Il l'avait aussi fait avec Owen et mon frère aîné, mais j'étais la seule qui aimait vraiment être là autant que lui.

Pendant des mois après que mon père soit sorti de nos vies, j'étais allée à la piscine pour faire mon deuil.

Il n'était pas mort (du moins autant que je le sache) alors il n'y avait pas de pierre tombale ou un autre endroit où je pouvais me recueillir.

Il avait un bar préféré, mais ils ne laissaient pas les enfants entrer, alors la piscine du YMCA était tout ce que j'avais.

Je prenais le bus et je faisais des longueurs jusqu'à ce que mes jambes et mes bras n'en puissent plus.

Ensuite, je nageais encore plus.

Après le départ de mon père, je n'avais plus eu de figure masculine dans ma vie. Mes frères étaient des étrangers pour moi et j'étais seulement heureuse quand le petit ami de passage de ma mère ne me portait pas la moindre attention.

Ils emménageaient toujours lors du second rendez-vous, ils avaient rarement un travail et ils partaient dès que l'électricité ou le câble étaient coupés, ce qui arrivait assez souvent.

Au bout d'un moment, j'ai appris comment déconnecter la lumière moi-même pour que ceux qui la frappaient partent plus vite.

Maintenant, les choses sont différentes, non ? J'ai deux hommes dans ma vie qui veulent y être.

Ils souhaitent ce qu'il y a de mieux pour moi, même s'ils ne sont pas d'accord sur ce que c'est. Je mentirais si je disais que ce n'est pas agréable.

Le seul problème c'est que s'ils ne s'entendent pas je ne les aurai pas dans ma vie longtemps.

Je vais devoir choisir et ce n'est pas une chose que j'ai envie de faire.

On sonne à la porte.

Je fixe l'entrée me demandant qui cela pourrait être puisqu'il est plus de dix-huit heures.

– Mademoiselle Kernes ! Une voix profonde accompagne les coups frappés. Mademoiselle Kernes, c'est la police. Nous avons quelques questions à vous poser.

9

OLIVE

LORSQU'ILS POSENT DES QUESTIONS...

QUELQUE CHOSE SE DÉPOSE QUELQUE PART AU FOND DE MA GORGE. J'essaie d'inspirer ou d'expirer, mais je n'arrive à faire aucun des deux.

Mes yeux s'écarquillent alors que je fixe la porte.

Ne l'ouvre pas.

Il faut faire comme s'il qu'il n'y avait personne à la maison.

Ils continuent toutefois de frapper.

– Mademoiselle Kernes, veuillez ouvrir s'il vous plaît, dit le policier.

Il n'y a aucune urgence dans le ton de sa voix.

Elle est calme.

Directe.

Confiante.

— Que veut-il ? murmuré-je à Nicholas.

Il secoue la tête.

— Je ne sais pas, dit-il dans un murmure et en marchant vers eux.

Je fais un saut vers lui et je lui attrape le bras.

— Où vas-tu ? Non, nous ne sommes pas à la maison, j'ajoute en chuchotant, mais trop fort et l'homme de l'autre côté de la porte entend.

— Nous savons que vous êtes là, mademoiselle Kernes. Nous avons seulement quelques questions.

Mes mains tombent de chaque côté de mon corps et le sang quitte mon visage.

— Tout va bien se passer, dit Nicholas tout bas. Fais comme moi.

Lorsqu'il touche le bouton de la porte, il fait une petite pause pour regarder en arrière.

Il ne me regarde pas, par contre.

Son regard est totalement focalisé sur Owen qui est blanc comme un linge.

- Est-ce que tu es prêt ? lui demanda Nicholas sans qu'un son ne sorte de sa bouche.

Owen attend une seconde avant de hocher la tête.

– Bonsoir, officiers. Comment pouvons-nous vous aider ? demande Nicholas d'une voix chantante presque joyeuse.

- Nicky ? demande un des officiers en se penchant un peu plus près de lui

Les épaules de Nicholas se tendent et se soulève de quelques centimètres avant de se détendre.

L'officier est au début de la trentaine, mais semble plus âgé.

Il a du surpoids, une peau cireuse et de grands cernes autour des yeux.

Ses cheveux sont à la fois secs et huileux tout en étant mal peignés.

- Mon Dieu, Docky ! dit Nicholas en faisant une accolade à l'homme.

Je jette un œil à Owen qui semble tout aussi confus que moi de la tournure des évènements.

- Que fais-tu ici ? demande l'officier Docky. Benji, je te présente Nicky. Il était un de mes meilleurs amis quand j'étais enfant.

Le plus grand et mince officier qui semblait aller régulièrement à la salle de sport se présente en tant que Benjamin Inglese, mais pas seulement auprès de Nicolas, mais aussi auprès d'Owen et moi.

— Alors comment vous vous connaissez ? je demande à Nicholas en espérant que leur connexion ferait disparaître la raison de leur présence ici.

— Nous nous sommes rencontrés quand nous avions quoi, onze ans ? On était presque inséparables à l'époque.

— Oui et ensuite cet enfoiré a déménagé et n'ai plus entendu parler de lui, dit l'officier Docky.

— Attends, ce n'est pas de ma faute si nous avons été expulsés.

– Il y avait des téléphones de l'autre côté de la ville aussi, tu sais, mentionne Docky avec une pointe de chagrin.

– Oui, mais nous n'en avions pas, dit Nicholas en lui tapotant l'épaule. Sérieusement, je suis vraiment désolé que nous ayons perdu contact. J'ai conservé ton numéro pendant un moment, puis je l'ai perdu. Ce n'est pas comme si nous avions Facebook ou quelque chose du genre à l'époque. En plus, je n'étais qu'un enfant stupide.

– Oui, je comprends... C'est tellement bien de te revoir, mec !

L'officier Docky sourit de toutes ses dents.

Nicholas aussi, mais il ne fait pas semblant ni ne joue un rôle comme je le pensais

Il est tout sourire.

Même ses yeux brillent.

– Bonjour, je suis Olive Kernes, dis-je en lui tendant la main.

Nicholas fait les présentations. Le vrai nom de l'officier Docky est Carillion Dockery.

– Appelez-moi Dockery, tout le monde le fait, ajoute-t-il en serrant la main d'Owen après la mienne.

– Pas Docky ? je plaisante.

Il secoue la tête d'un côté à l'autre.

– Personne ne m'a appelé comme ça depuis le collège.

– Je ne suis pas certain que cela soit vrai, dit Nicholas en souriant en coin

– Est-ce que vous voulez entrer tous les deux pour boire un verre ? je propose.

Nicholas me lance un regard désapprobateur, mais je l'ignore.

L'histoire qui vient de ressurgir dans le couloir ne me laisse pas d'autre choix que de les laisser entrer.

Je n'ai rien à cacher, alors je dois agir comme tel.

De plus, je ne sais même pas ce qu'ils sont venus me demander.

– Nous sommes techniquement en fonction, dit Dockery, sinon ça aurait été avec plaisir que j'aurais bu un verre et rattrapé le temps perdu.

— Un thé ou un café, alors ? je propose.

Les officiers Inglese et Dockery acceptent de prendre un café et j'en prépare du frais.

Lorsque je tends les tasses, la conversation décontractée commence à s'atténuer.

Dockery termine son histoire qui montrait à quel point Nicholas était mince et manquait de coordination quand il était petit, mais il n'en commence pas une autre.

À la place, lui et Inglese échangent un regard et ils hochent la tête d'un air entendu.

— D'accord, alors la raison pour laquelle nous sommes ici, commence Dockery, c'est que nous avons des questions pour vous Olive.

Je prends une gorgée de mon thé.

— Est-ce que vous connaissez un homme dénommé Louis Prang ?

Je secoue la tête pour dire non.

- En êtes-vous certaine ? demande Inglese.

J'y réfléchis à nouveau, mais le nom ne me dit rien

- Où étiez-vous jeudi le 19 ? demande Dockery.

- Qu'est-ce que cela a à voir avec la question ? demande Nicholas pour me faire gagner du temps.

– Je ne sais pas. J'étais à la maison, je suppose, mais je ne suis pas certaine.

Dockery et Inglese échangent un regard.

- Est-ce que vous pouvez nous dire ce qu'il se passe ? demande Owen.

– Louis Prang a été vu lorsqu'il entrait dans votre immeuble et un de vos voisins l'a vu frapper à votre porte, dit Inglese.

Il est penché en avant sur sa chaise et me fixe dans les yeux, essayant de lire ma réaction.

J'ai envie de fermer les poings, mais je sais que je dois rester aussi calme et imperturbable que possible.

– Je ne sais pas pourquoi, dis-je en haussant les épaules. Je ne sais pas qui il est.

– Alors, personne n'est venu frapper à votre porte ce soir-là ? Vraiment personne ?

Je fais glisser ma langue sur mon palais.

– Hum... En fait, si, dis-je.

Nicholas place sa main dans le bas de mon dos pour m'inciter à ne plus parler, mais je sais ce que je fais.

– Une femme est venue pour acheter un tapis. Je ne me rappelle pas son nom, mais je pense que j'ai sa carte quelque part.

La main de Nicholas se détend et il me tapote.

- Une femme qui a voulu vous acheter un tapis ? demande Dockery en regardant Inglese.

J'acquiesce.

– Oui et alors ? Pourquoi ? Qui est Louis Prang. Est-ce que quelque chose lui est arrivé ?

– Oui, son corps a été récemment trouvé dans le port de Boston, dit Inglese et le sang commence à battre contre mes tempes.

10

OLIVE

LORSQUE JE POSE DES QUESTIONS...

Sɪ ʟᴇs ᴏғғɪᴄɪᴇʀs ᴇxᴀᴍɪɴᴇɴᴛ ᴍᴏɴ ᴠɪsᴀɢᴇ ᴇɴ ᴄᴇ ᴍᴏᴍᴇɴᴛ ᴘᴏᴜʀ ʏ ᴠᴏɪʀ ᴜɴ sɪɢɴᴇ ᴅᴇ sᴜʀᴘʀɪsᴇ, ils vont le voir.

J'essaie de le cacher autant que possible, mais je ne suis pas très efficace.

Soudain, une idée me traverse l'esprit.

– Je suis désolée. Je suis seulement abasourdie par toute cette histoire, dis-je en me frottant la nuque.

Si je ne peux pas cacher mon état de choc, autant m'appuyer dessus.

– Cela a été une journée assez chargée en émotion avec mon frère qui sort de prison... Alors, ce que j'essaie de comprendre... C'est qu'est-ce que cela a-t-il à voir avec moi ?

— Votre voisin l'a vu frapper à votre porte, dit Dockery.

— Je ne sais vraiment pas qui il est et pourquoi il était là, dis-je en haussant les épaules de manière si démonstrative que j'ai l'impression que mes épaules vont toucher mes oreilles.

— S'il est effectivement venu, ajoute Nicholas.

Dockery plissa les yeux.

— Vous savez les témoins oculaires se trompent tout le temps. Cela a pu être un livreur ou quelqu'un d'une compagnie de déménagement.

Nicholas explique que la femme qui est venue pour le tapis était accompagnée de deux déménageurs pour l'aider à le transporter.

Il leur donne une bonne description d'eux avec la carte de visite de la femme, qu'il a pêchée dans sa poche, mais fait mine de la sortir de sous une pile de magazines situés sur la table de salon.

Cela les satisfait grandement et ils partent avec une bonne opinion.

- C'était quoi ça ? demande Owen, en fixant Nicholas avec colère. Tu as fait quelque chose qui l'a mise dans le pétrin ?

Owen ne connait pas les détails de tout cela, mais Nicholas n'a pas besoin de me dire de ne pas parler.

Il avait tué un homme qui m'avait agressée, mais nous n'avions jamais appelé la police ou fait de rapport.

Moins Owen en sait, mais c'est.

Nicholas laisse échapper un grand soupir d'exaspération et se dirige vers la porte.

– Où vas-tu ? je demande.

– Tu as besoin de te reposer, nous parlerons demain.

Je mords ma lèvre inférieure, désirant lui demander de rester plus que tout autre chose. Ce n'était pas le bon moment.

Owen est ici et ils ne s'entendent pas.

La meilleure chose qui puisse arriver pour le moment est de le laisser partir.

— Je reviens tout de suite, je dis à Owen tout en suivant Nicholas dans le couloir.

Les murs sont épais, mais je ne suis pas certaine qu'ils sont assez épais pour nous protéger des oreilles indiscrètes.

C'est mieux de ne prendre aucune chance.

— Tu n'as pas besoin de partir, dis-je en prenant son bras. Je sais que nous avons tous les deux dit des choses que nous regrettons hier.

— Je ne regrette rien.

— Tu ne le penses pas.

— Oui, je le fais.

— Tu pensais réellement que j'étais une enfant gâtée ?

Il serre la mâchoire.

— C'est bien ce que je pensais.

Lorsque je me retourne pour marcher vers ma porte, il bondit en face de moi.

Je veux le laisser aller tranquillement, mais je n'ose pas.

S'il veut mon pardon, il va devoir me faire de vraies excuses.

Je ne suis pas le genre de femme qui accepte seulement que l'ego de son homme soit trop gros pour admettre qu'il a tort.

- Qu'est-ce que tu attends de moi ? me demande Nicholas au bout d'un moment.

Mes yeux rencontrent les siens et je fixe les éclats d'or qui se forme autour de ses iris.

— Je veux que tu t'excuses, dis-je.

Il détourne le regard et prends une grande inspiration.

— Je suis désolé. J'avais tort. Je n'aurais pas dû dire cela.

Je lui adresse un hochement de tête entendu.

— Je suis désolé, aussi. Je n'aurais pas dû être si en colère et je n'aurais pas dû te traiter de connard.

– Merci, murmure-t-il en faisant un pas de plus vers moi.

J'inhale l'odeur de sa peau et mes doigts picotent alors que je combats le désir de le toucher.

Il ne combat pas le sien.

Il pose la main sur ma nuque et m'attire plus près de lui.

Nos lèvres se touchent.

Nos bouches s'ouvrent.

Nos langues s'entremêlent.

Il enfouit ses doigts dans mes cheveux et je fais courir les miens le long de sa colonne vertébrale.

Rien d'autre ne compte sauf nous. Rien d'autre n'existe que nous.

– Olive ! crie quelqu'un au loin.

Lorsqu'il le dit à nouveau, il semble plus près et plus fort.

À contrecœur, je me dégage de l'étreinte de Nicholas pour regarder Owen.

Debout dans l'encadrement de la porte avec les mains croisées, il tape du pied en attendant que je rentre.

Il nous a interrompus en connaissance de cause et il ne veut pas accepter un non pour réponse.

– Je t'appelle demain, dis-je à Nicholas en admettant ma défaite.

Il me donne un dernier baiser passionné avant de dire :

– Ce fut un plaisir de te rencontrer Owen.

Puis, il disparut dans le couloir.

– Qu'est-ce que c'était ça ? je siffle à Owen en le poussant à l'intérieur.

– Tu dois rester loin de ce mec, dit-il. Tu n'as *aucune* idée de qui il est.

11

OLIVE

LORSQUE NOUS NOUS DISPUTONS.

De retour à l'intérieur, Owen et moi avons
une conversation que je repoussais depuis que j'avais
appris pour sa libération conditionnelle.

Nous avions passé une journée amusante ensemble à
rire et à rattraper le temps perdu, tout en ignorant
tous les deux les sujets de conversations délicats.

Lorsque Nicholas était venu, les choses avaient
changé. L'éléphant dans la pièce est devenu visible et
commençait à casser des choses.

Il est tard.

La police venait de passer, cela m'avait
complètement ébranlée et l'alcool courait toujours

dans mon système ce qui rendait mes paupières lourdes.

En regardant Owen marcher de long en large dans la cuisine, je sais que je ne pourrai pas reporter à demain.

Je marche jusqu'à l'évier et je fais couler de l'eau.

En attendant qu'elle chauffe, je fixe le courant et la manière dont il bondit sur le bout de mes doigts.

– Olive, tu ne peux pas être avec ce mec, insiste Owen. Il est dangereux.

Je nettoie une assiette avec l'éponge et je la place à l'envers sur une serviette à côté de l'évier.

J'ai un lave-vaisselle en dessous, mais je n'en avais pas quand j'étais enfant et je trouve que laver la vaisselle est relaxant.

- Olive, tu réalises ce qu'il se passe, non ? dit-il. Ces policiers posaient des questions sur un mec qui est venu chez toi. Cela veut dire qu'il est probable que Nicholas l'ait tué.

Je me tourne vers lui, le regard furieux.

– Ne me regarde pas comme ça, tu sais que j'ai raison.

Nicholas ne l'avait *probablement* pas tué.

Il l'avait vraiment fait pour me protéger.

Je voulais le dire à Owen, mais je ne le peux pas.

C'est à mon tour de le protéger maintenant.

– Tu sais qu'il a inventé cette histoire de tapis, Olive ? N'est-ce pas ? Ils vont vérifier et ils sauront la vérité.

Je regarde Owen et je secoue la tête.

Où a-t-il trouvé toute cette confiance en lui ?

Avait-il toujours été aussi impudent et si confiant en lui, même s'il ne connaît rien de ma vie ?

– Olive, dis quelque chose, demande-t-il. Dis quelque chose que je sache que tu m'écoutes.

Je fais un pas vers lui.

Nous sommes à quelques centimètres l'un de l'autre et je peux sentir l'alcool dans son haleine.

- Pour qui te prends-tu ? dis-je au bout d'un moment en le fixant dans les yeux. Qu'est-ce qui te fait croire que tu peux me parler comme si j'avais besoin de tes conseils ?

— Tu es ma petite sœur, dit-il.

Je ne me souviens pas l'avoir jamais entendu m'appeler « petite » sœur et dans le contexte actuel, il le brandissait comme une arme.

— Ne joue pas au père avec moi, dis-je. Nicholas n'a pas inventé l'histoire pour le tapis. Je l'ai vendu à une femme que j'avais trouvée par une annonce dans un magazine. Il était gros et pas maniable alors elle a emmené quelques déménageurs pour l'aider à le transporter.

Cela lui rabat le caquet un instant.

— Cela ne change pas le fait que Nicholas est dangereux.

Je lève les yeux au ciel et je m'éloigne de lui.

Au fond de mon armoire, je trouve des draps et je commence à transformer mon canapé en lit pour lui.

Lorsque Nicholas avait raconté l'histoire du tapis pour la première fois, j'ai pensé qu'il l'a trahissait.

Maintenant, je me rends compte que c'était notre plan B, mon alibi.

Elle ne cachait pas le fait qu'elle était là.

En fait, elle en avait fait des tonnes.

Les voisins l'avaient vue aussi.

Elle avait même apporté le magazine avec l'annonce encerclée comme s'il y avait quelque chose de vrai dans tout ça.

Je mets la taie d'oreiller et je lui souhaite bonne nuit.

— Pourquoi je te mentirais sur ça, demande Owen. Je suis ton frère et je t'aime.

— Je ne pense pas que tu mentes. Je pense que tu te trompes.

— Son partenaire s'est fait tuer. Ils étaient meilleurs amis et il l'a tout simplement tué pour pouvoir garder le collier pour lui tout seul.

Des frissons me parcourent.

Je ne sais rien de cette histoire et c'est possible qu'une partie soit vraie.

— Il ne ferait pas ça, dis-je catégoriquement ne

voulant pas qu'Owen sache que je puisse avoir le moindre doute.

— Oui, il le pourrait, insiste Owen. Il a fait beaucoup de mauvaises choses, Olive, je sais que tu ne veux pas le croire, mais il l'a fait.

La conversation tourne en rond, me vidant de mon énergie à chaque minute qui passe.

Owen ne s'arrête pas de parler jusqu'à ce que je lui ferme la porte de ma chambre au nez.

Je déteste l'admettre, mais Owen a raison.

Je ne connais pas grand-chose du passé de Nicholas, mais une part de moi ne veut pas savoir.

Et s'il avait tué son partenaire ?

Est-ce que c'est quelque chose que je veux savoir ?

Ces pensées tournent dans mon esprit jusqu'à une heure tardive.

Je finis par m'endormir, mais ce n'est pas particulièrement reposant ni satisfaisant.

Je me réveille plus fatiguée qu'auparavant, seulement je suis également assoiffée.

Après avoir bu deux verres entiers d'eau dans la salle
de bain, je prends mon téléphone. Pas de message de
Nicholas. Mince.

Es-tu réveillé ? Je lui écris.

Non, me répond-il presque immédiatement. Je
souris.

Je te veux.

J'arrive tout de suite.

Mes doigts commencent à écrire non, mais je
m'interromps.

D'accord.

Je passe ma langue sur ma lèvre inférieure.

Une partie de moi pense qu'il plaisante, mais je
m'habille tout de même.

Quinze minutes plus tard, mon téléphone vibre à
nouveau.

Je suis en bas.

J'ouvre la porte de ma chambre doucement et je
traverse le salon sur la pointe des pieds.

J'attrape mes clefs et je les serre si fort que ma paume commence à palpiter et je me demande si je vais avoir une marque.

Le problème est la porte d'entrée. Elle grince.

J'inspire et je tourne le verrou vers la droite.

Si Owen se réveille, il sera en parfaite position pour me voir m'échapper.

Je l'entends toutefois émettre un gros ronflement et il se tourne vers l'intérieur du canapé.

Sans perdre une seconde de plus, j'ouvre la porte et je la referme rapidement derrière moi.

– Salut, toi, dis-je en entrant dans la voiture de Nicholas. Tu m'as manqué.

12

OLIVE

LORSQUE NOUS NOUS REVOYONS...

HABILLÉ D'UNE CRAVATE NOIRE ET UNE CHEMISE HABILLÉE, ses yeux sont un parfait complément de sa cravate. Mon cœur s'accélère et mes lèvres s'entrouvrent de surprise.

Il a une odeur alléchante.

Ce n'est pas une eau de Cologne ou un gel douche, c'est quelque chose de complètement différent.

Il sent comme le Nicholas Crawford que j'ai rencontré à Hawaï, perspicace, avec de l'assurance et sûr de lui.

Je salive devant lui.

Lorsqu'il se penche vers moi pour me donner un baiser, j'aperçois ses boutons de manchettes en or et la montre parsemés de diamants.

Nos lèvres se touchent et j'entends mon pouls tambouriner dans ma tête.

Je sens des décharges électriques me traversent.

Il n'est pas un étranger et pourtant j'ai l'impression de le voir pour la première fois.

- Est-ce que tu vas bien ? demande-t-il en quittant sa place près du trottoir.

Il met sa main sur ma cuisse et toutes les parties de mon corps le désirent. Je suis emplie d'une énergie sans fin qu'une seule chose pourrait arranger.

– Oui, je vais bien, dis-je en léchant mes lèvres sèches. Pourquoi es-tu habillée comme ça ?

Malgré la bagarre avec Owen et la conversation avec la police il y a seulement quelques heures, Nicholas semblait toujours être du genre Maître de l'Univers.

Un pantalon parfaitement repassé.

Un costume exquis.

La cravate avec une pince à cravate.

Ses cheveux sont plaqués en arrière avec un produit, mais pas au point d'avoir l'air désespéré.

– Qu'est-ce qui se passe entre nous ? demandé-je.

Ce n'est pas vraiment le moment idéal pour avoir cette conversation, mais j'avais l'impression que nous allions à l'hôtel.

Et maintenant, je ne suis pas certaine.

- Qu'est-ce que tu veux dire ? demande-t-il en appuyant sur l'accélérateur pour passer l'intersection quand le feu tourne à l'orange.

– Je déteste l'admettre, mais je pensais que nous allions nous envoyer en l'air.

- Oh, vraiment ? dit-il en levant un sourcil.

Je hausse les épaules.

– Et maintenant ?

– Alors, vu la manière dont tu es habillé, je n'en suis pas si sûre.

Il sourit du coin des lèvres.

Il joue avec moi et il aime ça.

Nous n'avions pas joué à ce petit jeu depuis un moment et ça me manquait.

Est-ce qu'il me veut ?

Est-ce que je le veux ?

Ces questions n'ont pas d'importance.

Ce qui importe c'est ce que je vais lui faire.

Et qu'est-ce qu'il va me faire ?

Je voudrais pousser les choses plus loin, mais je m'installe confortablement et j'attends. Je suis d'accord avec les deux éventualités.

Un autre travail ? Je suis porte un pantalon de yoga et un sweat qui a une tache sur un bras, mais pourquoi pas ? Je l'ignore.

Nicholas monte le son de la musique pendant qu'il conduit dans les rues désertes.

Le pavé sous les pneus rend le voyage un peu cahoteux, ce qui m'excite encore plus si cela est possible.

— Gare-toi, dis-je en faisant remonter ma main le long de sa cuisse.

Il sourit à nouveau sans dire un mot.

— Nous y sommes presque, dit-il au bout d'un moment.

Je déplace ma main, mais il la remet en place.

Il me désire autant que je le désire.

Est-ce que cela est possible ?

Il se gare devant un vieil hôtel opulent orné d'un auvent élaboré.

Un voiturier dynamique fait le tour de la voiture pour ouvrir la portière de Nicholas et un autre ouvre la mienne.

Une fois les clés échangées, je suis Nicholas à travers les élégantes doubles portes qu'une autre personne ouvre pour nous.

Nous sommes de parfaits opposés.

Nicholas est vêtu d'un costume discret, mais très dispendieux accompagné de chaussures en cuir au talon bottier.

Lorsqu'il bouge les bras, ses boutons de manchettes réfléchissent la lumière et m'éblouissent un instant.

Lorsque je bouge les bras, mon sweat trop grand au col rond fait un bruit de frottement.

Je porte des tennis qui valent trente dollars que j'ai eu en promotion et je m'étais demandé si je les avais payées trop cher.

Mes cheveux non lavés et filasse sont attachés en un chignon peu serré avec un élastique valant cinquante centimes.

J'étais soulagée quand ils étaient revenus à la mode parce qu'ils ne tiraient pas trop sur mes cheveux et je les trouve jolis quand je les porte autour de mon poignet.

Je suis Nicholas jusqu'à l'ascenseur et je prends sa main dans la mienne pendant que nous attendons.

— Est-ce que c'est pour le travail ? demandé-je.

- Qu'en penses-tu ? demande-t-il, en enveloppant ma main dans la sienne.

— Si c'était le cas, tu aurais eu au moins la courtoisie de m'en parler, je remarque. Il sourit.

– Nous pouvons dire que c'est un travail pour toi.

Mes lèvres forment un sourire.

– Que pouvait-il vouloir dire par là ?

Il plonge son regard dans le mien.

Je le fixe en retour pour lire en lui.

– Je t'ai dit, je ne coucherai pas avec toi suite à une..., je m'interromps pour essayer de trouver les bons mots.

- Oui ? intervient-il.

– Je ne coucherai pas avec toi pour une *offre* quelconque.

– Tu veux dire que je peux coucher avec toi... gratuitement ? Il se moque de moi. Je lève les yeux au ciel, exaspérée. Pourquoi doit-il être si intelligent. Je suppose que s'il ne l'était pas, je ne le désirerais pas autant.

Il est séduisant, bien sûr.

Ce n'est toutefois pas suffisant pour moi.

S'il n'avait pas dit quelque chose qui pour le

surprendre ou me prendre au dépourvu, alors je ne serais pas ici.

Je ne le désirerais pas autant.

Il m'attrape dès que nous atteignons la porte.

Il me plaque contre le mur et je l'entoure de mes jambes.

Il essaie de passer la carte dans le lecteur tout en m'embrassant sans rencontrer beaucoup de succès.

Enfin, je le repousse un moment, j'attrape la carte et je la glisse.

Lorsque la lumière verte s'illumine, j'ouvre la porte.

Nous courons presque vers le lit.

Il est haut et je rebondis quand je me jette dessus. Nicholas saute sur moi et nos corps se heurtent.

L'impact nous fait rire tous les deux.

– C'est bon d'être ici avec toi, dit Nicholas au bout d'un moment.

Les rires disparaissent, laissant seulement les vestiges d'un sourire sur ses lèvres et dans ses yeux.

– J'aime être ici, dis-je.

Il se met sur le côté, soutenant sa tête d'une main. Il utilise l'autre pour retirer une mèche de cheveux de sur ma joue.

– Alors... Nous sommes quoi, Olive, demande-t-il en examinant la mèche attentivement comme s'il cherchait des pointes fourchues.

– Qu'est-ce que tu veux dire ? demandé-je en lui retirant mes cheveux et en m'asseyant en tailleur.

– Je t'aime bien, Olive. Vraiment.

– Heu... Merci, dis-je, tout à fait consciente que l'atmosphère est devenue tout à fait différente.

– Est-ce que tu m'aimes bien ?

– Oui.

– Est-ce que tu aimes bien d'autres personnes ?

Je regarde les pales immobiles du ventilateur au plafond au-dessus de nos têtes.

– Je ne vois pas où tu veux en venir, dis-je.

– Je voudrais seulement savoir où ça nous mène, dit Nicholas en s'asseyant à côté de moi.

– Je ne sais pas. Je pensais que je travaillais avec toi.
Je pensais que nous étions des partenaires.

– Nous le sommes, admet-il. Je me demandais
seulement si tu aimerais être quelque chose de plus
que ça.

13

OLIVE

LORSQUE NOUS NOUS EMBRASSONS À NOUVEAU...

Est-il vraiment en train de me poser cette question ? je me le demande.

— Est-ce que tu veux que nous ayons une relation exclusive ? demandé-je.

— Oui, dit-il sans la moindre hésitation.

Je voudrais sourire, mais je ne le montre pas. Je veux en entendre plus.

— Pourquoi ? demandé-je.

— Je te veux. Je veux que tu ne sois avec personne d'autre.

— Alors... Qu'est-ce que cela voudrait dire alors ?

– Ça veut dire que je voudrais que tu sois mienne. Officiellement.

Je m'allonge sur le dos, réfléchissant à la proposition.

Que me demande-t-il réellement ?

– Alors tu aimerais que je sois ta petite amie ? demandé-je. Est-ce que c'est ce que tu essaies de dire ?

Il se penche vers moi et fait tourner mon menton vers le sien.

– Je veux que tu sois mienne, dit-il.

Un frisson me parcoure et, en même temps, les cheveux sur ma nuque et les poils de mes bras se dressent.

– Et pour l'offre ? demandé-je.

– Professionnellement, tu seras toujours ma partenaire pour un an, mais dans notre vie privée, nous serons plus que cela.

Je voudrais qu'il dise le mot petite amie, mais il ne fait que tourner autour du pot. Par contre, ce n'est peut-être pas ce qu'il veut dire du tout. Il veut peut-être que je sois sienne sans que lui soit à moi.

— Et toi ?demandé-je.

Son regard croise le mien. Il penche la tête.

— Et si je voulais que tu ne sois avec personne d'autre ? je demande.

— Il n'y aura personne. Je suis à toi.

— Alors... C'est tout ? demandé-je. Alors ni toi ni moi ne sortirons avec personne d'autre à partir de maintenant ?

Il acquiesce et approche son visage du mien.

— Je suis tien et tu es mienne, murmure-t-il.

Mes lèvres s'entrouvrent pour accueillir les siennes. Nos langues se touchent. Il enfouit ses mains dans mes cheveux et il m'attire sous lui.

Je repousse mes pensées et je laisse mon corps prendre le relais.

Un instant ses lèvres sont sur ma bouche et ensuite elles descendent le long de mon cou.

Un instant ses mains sont dans mes cheveux et celui d'après, elles descendent le long de mon dos.

Mes yeux sont fermés et je presse mon corps contre

le sien. De la chaleur irradie de son corps, engouffrant le mien, enflammant mon désir pour lui.

Lorsque ses lèvres reviennent sur les miennes, nos baisers deviennent plus rapides et nos bouches s'affairent à se consumer l'une l'autre.

Mes mains caressent son corps.

Son torse monte et descend avec chacune de ses respirations et les muscles de son ventre se tendent et se détendent.

Peu importe les pensées qui occupaient mes pensées quelques instants auparavant disparaissent, alors que je me perds dans l'attente de ce qui va suivre.

Mes mains glissent sur le devant de son pantalon et je descends la fermeture éclair, je sais qu'il est aussi excité que je le suis.

Nous avons été à ce point si souvent auparavant.

Tous ces moments où nous nous sommes presque donnés et toutes les interruptions avaient fait des ravages et je ne veux pas perdre une seconde.

À la manière dont Nicholas enlève ses vêtements, je sais que je ne suis pas la seule. À la manière dont il enfile le préservatif, je sais que nous voulons tous les deux la même chose.

Je lèche mes lèvres sèches pendant que les siennes parcourent mon corps. Elles sont à la fois douces et ferment et il y a de la douceur dans chacun des baisers sur ma clavicule, mes seins, mon ventre et enfin mon bas-ventre.

J'enfouis mes mains dans ses cheveux alors que ses baisers deviennent plus fervents et urgents. Je voudrais qu'il prenne son temps, mais une autre ne veut pas tenter le diable.

Toutes ces fois où nous avons été ensemble, presque ensemble, nous n'avons jamais été jusqu'au bout. Je ne peux supporter plus de tentation.

Je ne supporterai pas un autre jeu.

Je tire ses cheveux et je remonte son menton pour que nos yeux se rencontrent à nouveau.

– Viens ici, je lui murmure et j'attire son visage près du mien.

Je dirige sa bouche sur la mienne et je me perds dans un baiser profond.

Son torse posé sur ma poitrine, j'écoute nos cœurs battants à tout rompre, ne sachant pas trop lequel est à lui et lequel est à moi.

J'ouvre les jambes pour lui et il s'introduit profondément en moi. Mon dos s'arque alors que nous commençons à bouger comme si nous ne faisions qu'un.

Ma peau est trempée et chaude, pleine d'électricité.

Mes seins bondissent alors que nous allons de bas en haut. Mes jambes s'écartent davantage avec chacune de nos respirations et mes orteils se tendent. Le rythme régulier s'accélère soudain.

Mon cœur commence à battre de plus en plus fort avec chacun de ses va-et-vient. Un picotement familier commence au bout de mes doigts pour se propager à tout mon corps.

J'attrape ses fesses lisses et fortes et je le pousse plus profondément en moi. La chaude sensation me prend par surprises alors que je m'agrippe pour la chevauchée.

Un moment plus tard, il s'effondre sur moi, nous sommes tous les deux aussi épuisés l'un que l'autre.

14

OLIVE

LORSQUE NOUS NOUS DISPUTONS...

Je reste toute la nuit dans la chambre de Nicholas et je ne rentre à la maison qu'au matin. Je me réveille vers sept heures et je retourne à l'appartement avant qu'Owen ne se réveille.

Toutefois, dès que je passe la porte, je le vois.

Il est complètement éveillé, assis à la table à manger, m'attendant.

La télévision n'est pas allumée et il n'y a pas de livre en vue non plus.

- Où étais-tu ? demande-t-il du ton inquiet d'un père.

Pas le mien, mais de ceux qu'on voit à la télé.

Je dépose mon sac sur le sol et je vais directement vers la machine à café sans dire un mot.

- Tu ne m'as pas entendu ? demande-t-il.

– Je ne te dois aucune explication, Owen. Je suis une adulte.

– J'étais inquiet.

Je hausse les épaules.

– Tu n'as aucun droit d'être inquiet.

Une partie de moi est flattée par son esprit protecteur.

Cela montre qu'il tient à moi.

Du moins, c'est ce que nous, les femmes avons appris à croire. Par contre, une autre part de moi voit qu'il essaie de me contrôler.

La seule raison pour laquelle il clame qu'il était inquiet, c'est qu'il a eu une mauvaise expérience avec Nicholas.

– Je ne vois pas en quoi ça te concerne, dis-je en prenant une gorgée de mon café. Il est bien trop chaud et me brûle le palais. Je cache ma douleur.

– Je te l'ai déjà dit, Olive. C'est un homme dangereux. Tu ne devrais pas travailler avec lui. Tu ne devrais pas coucher avec lui.

– Et pour ce qui est de sortir ? demandé-je en levant le menton. Je peux sortir avec lui ?

On aurait dit qu'Owen était abasourdi.

– Dis-moi que ce n'est pas vrai, dit-il lorsqu'il parvint à nouveau à parler. Je croise les bras devant ma poitrine.

– Oui, c'est le cas et ce n'est pas de tes affaires, dis-je.

Je m'assois dans mon siège préféré avec des appui-têtes près du salon.

C'est l'endroit où j'aime me blottir pour lire, mais ce matin, je l'utilise comme un trône.

Je m'assois les jambes écartées et mes mains agrippent les accoudoirs.

Mon dos est parfaitement droit.

Il n'y a rien de mignon dans tout cela. Cela me rend puissante et forte.

Comment ose-t-il entrer dans ma vie, ma maison, et remettre en question mes décisions ?

Comment ose-t-il me dire quoi faire ?

— Je ne comprends tout simplement pas, Olive, dit Owen. Qu'est-ce que tu lui trouves ?

— Je répondrais à cette question si tu étais réellement intéressé, mais tu t'en fiches. Tu le détestes et tu veux que je le déteste aussi. Cela n'arrivera pas.

— Il a tué son partenaire. Tout le monde le sait. Est-ce que tu veux être avec une personne comme ça ?

— Je ne sais pas ce qu'il s'est passé entre lui et son partenaire et je ne croirai rien jusqu'à ce que tu me donnes une preuve tangible.

Il secoue la tête.

— Bien, dit Owen avec exaspération en marchant vers la porte. Si tu veux ruiner ta vie, ça me va.

— Pour qui te prends-tu ? Qu'est-ce qui te donne le droit de me dire quoi faire ?

— Je suis ton frère, bon sang ! Je m'inquiète pour toi. Je ne veux pas que tu commettes mes erreurs.

— Je ne t'ai pas vu depuis des années, dis-je. Tu ne sais rien de moi. Puis, tu te pointes chez moi et tu me dictes ma conduite ? Garde tes opinions, Owen.

Cela le fait enfin taire.

Il termine son café et lave sa tasse.

Il prend le trousseau de clés que je lui ai donné la nuit dernière et sort.

Une fois qu'il est parti, je saute sur mes pieds et je serre les poings.

La caféine qui coule dans mes veines amplifie ma colère. Je suis tellement en colère que j'ai envie de frapper quelque chose.

Pourquoi doit-il être si difficile ? Pourquoi ne peut-il pas tout simplement s'entendre avec lui ?

Lorsque Nicholas était venu, il faisait un effort. Il essayait d'être gentil.

Owen a seulement été... Déraisonnable.

Je laisse sortir un cri de frustration viscéral qui provenait du fond de mes entrailles.

Une fois que c'est sorti, je prends mon iPad et je vais

sur la dernière série que je regardais sur Netflix. Je ne supporte pas les publicités à la télévision et les chaînes de streaming remplissent les vides.

Je me suis inscrite à Netflix, YouTube TV et Amazon Prime pour me donner une l'embarras du choix de vieux et de nouvelles séries et films pour satisfaire mon appétit.

J'ai commencé une comédie, mais je ne ris pas. Je commence un drame, mais leurs problèmes me paraissent stupides.

Mes pensées continuent de tourner en rond dans ma tête, les images et les voix de l'émission ne seront pas assez pour les faire taire.

Dans la cuisine, je me sers un thé à la menthe sans caféine et je laisse le sachet à l'intérieur.

Je retourne à mon endroit favori et j'ouvre mon application Kindle. Quand tout échoue, cela fonctionne toujours. Les livres.

J'aime lire et je dévore plusieurs livres par semaines. Lire semble activer toute une partie de mon cerveau.

Avec le bon auteur, les mots semblent tout simplement sauter des pages et je ne peux m'empêcher de tourner les pages jusqu'à ce que je termine.

J'ai toujours aimé lire quand j'étais enfant, mais je n'avais jamais lu *autant*.

Je ne savais pas qu'il y avait autant de livres d'auteurs indépendants jusqu'à ce que je découvre le Kindle.

Soudain, je pouvais lire les romans dont j'avais toujours rêvé.

Dans les livres de publication traditionnelle, le sexe était toujours superficiel ou inexistant. Les parties intimes de l'histoire, celles que nous voulons réellement lire passent au second plan.

Les quelques auteurs qui les dépeignent utilisent souvent un langage cru et maladroit et leurs romans ont de mauvaises notes. Du moins, c'est l'impression de la fiction contemporaine.

Par contre, chez les auteures indépendantes qui vendent principalement des ebooks, les histoires sont complètement différentes.

Ils ne cachent pas les détails privés, en fait, elles s'y attardent. Elles parlent de choses dont on ne discutait pas avant, et le succès de la publication traditionnelle de la série d'E. L. James *Cinquante Nuances de Grey* qui avait été à l'origine une publication indépendante est la preuve que les gens veulent savoir ce qui se passe sous les couvertures.

Qu'est-ce que j'aime d'autres à propos de ces livres ? Les auteurs publient régulièrement et sont accessibles pour leurs lecteurs.

Si vous avez une auteure préférée, assurez-vous de lui écrire et de vous abonner à ses réseaux sociaux. Elle vous écrira certainement en retour et elle aura certainement un groupe Facebook que vous pourrez rejoindre pour que vous puissiez en apprendre plus sur elle, ses nouveautés et les cadeaux qu'elle pourrait avoir.

Le livre que je suis en train de lire de nouveau pour la dixième fois peut-être *Lavish Lies* qui avait avant le titre de Maison de York. C'est une trilogie à propos d'une fille qui a été kidnappée et forcée de participer à une compétition du type Bachelor pour la main du roi. Cela se déroule aujourd'hui, mais il y a un développement. Il n'y a pas de comploteurs qui échangent des femmes comme des choses et qui contrôlent le monde, non ? Ou peut-être que si. J'espère que vous comprenez que je suis sarcastique.

Charlotte Byrd est certainement une de mes auteures préférées, pas seulement parmi les indépendantes, mais de tous les temps.

J'aime son langage simple et la vitesse à laquelle l'histoire progresse. J'aime aussi son sens de l'humour diabolique.

Quelqu'un lui a un jour donné une mauvaise appréciation qui disait qu'elle écrivait comme « Hemingway et Dr Seuss avec du sexe » et elle l'avait pris comme un des plus grands compliments qu'elle pouvait recevoir.

Dans un de ses blogs, elle a écrit : « la raison d'être du langage est de transmettre exactement ce que vous voulez que l'histoire soit et c'est exactement mon but avec chacune de mes phrases ».

Je passe la matinée à dévorer le livre avec d'autres problèmes que ceux qui me préoccupe, et une fois que j'ai tourné la dernière page, je me sens mieux face aux miens.

Lire me permet d'avoir une nouvelle perspective sur ma propre vie.

Rien de ce que je traverse n'est aussi difficile que ce que je viens de lire et c'est agréable de s'évader dans une réalité qui n'est pas la nôtre.

Malheureusement, cela ne dure pas longtemps.

15

OLIVE

LORSQUE JE LUI TROUVE UN PRÉSENT...

Owen revient de son rendez-vous avec son agent de probation avec une envie de revenir sur notre précédente conversation.

Puisque je viens de passer les dernières heures à essayer de m'en débarrasser, je refuse de l'engager.

J'essaie de changer le sujet pour quelque chose de plus acceptable, mais tous les sujets que nous avions abordés auparavant ne semblent pas convenir.

Nos phrases ne se connectent pas correctement et les pauses sont si grandes qu'un camion pourrait y passer.

Nous déjeunons en silence avec seulement la

télévision vacillant en fond sonore. Après, nous faisons la vaisselle, puis enfin un sujet de conversation intéressant survient.

Après des années de prison, Owen n'est pas exactement au point avec les avancées technologiques. Les quelques téléphones portables que les personnes arrivaient à faire passer derrière les barreaux étaient vieux et avaient peu de fonctionnalités.

Je lui montre ce que mon téléphone sait faire et il l'examine comme si c'était une bombe. Il avait peur d'appuyer sur un bouton de peur de tout faire exploser.

— Tu sais, rien ne va se passer, je lui répétais encore et encore, mais cela ne semblait pas s'imprimer.

— Et si j'appuie ici ? demandant ma permission pour chaque action.

— Oui, tu peux faire ça, dis-je en acquiesçant.

En jouant avec l'appareil de plus en plus, il commence enfin à se détendre.

Je lui apprends comment aller sur YouTube et comment lire les informations.

Ensuite, je lui montre comment se créer une adresse mail personnelle (il en a besoin d'une qui ne soit pas contrôlée par les autorités pénitentiaires) et quelques profile sur les réseaux sociaux. Il veut immédiatement prendre des nouvelles de ses vieux amis et il sourit d'une oreille à l'autre en faisant défiler les vieilles photos datant d'années en arrière.

– D'accord, alors tu vas faire ça, tu auras ton propre téléphone, dis-je.

Le magasin T-Mobile n'est pas très achalandé et un associé nous voit rapidement.

J'aide Owen à trouver son téléphone, essayant de lui expliquer les différences entre les systèmes Android et Apple, même si je ne connais pas vraiment Android.

Il examine tous les téléphones disponibles attentivement alors j'attends et je commence le tome suivant de la trilogie *Lavish* sur le mien.

Un message apparaît sur l'écran.

Nous avons du travail ce soir. Tu es disponible ?

Puisque je ne suis plus employée et que je n'ai pas très envie de passer la soirée à me disputer avec

Owen à cause de lui, je dirais que mon agenda est complètement vide.

Je te récupère à dix-neuf heures, m'envoie Nicholas.

Owen se décide enfin pour un iPhone, le dernier modèle et nous faisons les démarches pour l'ajouter à mon plan.

— Je te rembourse dès que je vais avoir un travail, promet Owen.

— Ce n'est pas un problème, vraiment, dis-je. Ce n'est pas comme si tu avais pu accumuler quelques minutes ou quoi que ce soit comme il y a quelques années.

— Que veux-tu dire ? demande-t-il et je lui explique les limitations des offres par le passé.

Lorsque je signe le reçu, mon téléphone sonne de nouveau.

Il est posé juste à côté de moi sur le comptoir et Owen se pense pour lire le message.

— Porte quelque chose de sympa, dit-il. Tu sors ce soir ?

Je hoche la tête et je remercie l'associé pour son temps.

Je commence à marcher vers la porte d'entrée, mais Owen ne me suit pas.

Il reste debout près de la casse, comme s'il était gelé sur place. Je lui fais signe de venir, mais il ne bouge pas.

- Tu sors *encore* avec lui ce soir ? demande-t-il.

Il n'essaie même pas de baisser la voix.

– Oui, je murmure un peu fort.

Ce n'est pas de ses affaires.

Trois adolescents entrent dans le magasin en parlant fort et en riant. Pendant une seconde, j'hésite et je me demande si je dois retourner vers lui et essayer de l'emmener physiquement dehors.

Cela ferait tout simplement une scène.

Je décide d'ouvrir la porte et de sortir. Quelques minutes plus tard, Owen est à mes côtés.

– Tu ne peux pas sortir avec lui, dit-il en m'attrapant par le bras.

— Tu sais quoi ? J'en ai assez. Je vais sortir et voir qui ça me chante. Ce ne sont pas tes affaires et tu ne dois pas t'en mêler.

— Tu es ma sœur, Olive. Je t'aime.

Le mot *aime* me coupe telle une lame de rasoir ?

Je n'ai pas grandi dans une famille où les gens l'utilisaient et je ne l'ai jamais dit à quiconque auparavant.

Je ne sais pas si Owen dit la vérité, mais cela me semble être que des conneries.

— Tu ne le penses pas, dis-je. Arrête de dire des choses que tu ne penses pas.

— Ne me dis pas ce que je dois ou pas ressentir. Je t'aime *réellement*. C'est pour cela que ça m'énerve autant.

Je prends une grande inspiration et marche vers la voiture. Il me suit jusqu'à la place de parking.

— Je sais que vous avez un vécu tous les deux, dis-je et j'ai un éclair de génie. Peut-être que si je prétends en savoir plus que ce que je sais, il me dira la vérité.

– Nicholas m'a tout dit... je commence avant qu'il m'interrompe.

– Qu'est-ce qu'il t'a dit ?

– Tout, dis-je en le regardant droit dans les yeux.

C'est un coup de bluff, mais il ne doit pas savoir que c'est le cas si je veux qu'il le croie.

J'ai déjà menti, mais c'est la première fois que je mens à mon frère et cela me fait me sentir sale.

Toutefois, il y a des choses que je dois faire pour obtenir ce que je veux.

– Peu importe ce qu'il t'a dit, Olive, c'est un mensonge.

Je hausse les épaules et j'entre dans la voiture. Je commence le moteur, mais je ne bouge pas. Je veux consacrer à cela toute mon attention.

– Qu'a-t-il dit ? Il me poussait à bout, mais je maintiens mes lèvres closes. D'accord, bon, si tu ne veux pas me dire ce qu'il t'a raconté, je vais seulement te dire ce qu'il a fait.

J'acquiesce et attends.

– Il t'a raconté toute l'histoire avec Nina ? La fille qu'il voyait et avec qui il couchait ? Alors, ce n'est pas le cas.

Je garde mon visage aussi stoïque et sans expression que possible.

Alors, tout ça, ce n'est qu'à propos d'une fille ?

Bien sûr, des guerres ont été menées pour une femme alors ce n'est pas nécessairement un petit détail.

– Je l'aimais, Olive. Nous allions être ensemble. Nous avions planifié toute notre vie. Ensuite, il a débarqué et a agi avec arrogance et désinvolture, comme il le fait avec toi... Et elle... Elle m'a dit qu'elle ne s'intéressait pas à lui, mais ensuite elle a couché avec lui.

– Quand cela s'est-il passé ?

– Deux jours avant la fusillade.

– Oh, merde, je murmure. Je suis vraiment désolée.

Je le prends dans mes bras.

Il essaie de les cacher, mais des larmes remontent à la

surface. Il met sa tête dans ses mains et se détourne de moi.

Maintenant, je comprends. Maintenant, je sais pourquoi cela l'affecte autant.

S'il avait été d'un point de vue extérieur, il ne se rappellerait probablement pas son nom à l'heure actuelle. Elle aurait seulement été une ancienne petite amie qui l'avait trompé et qui ne méritait pas qu'il perde son temps.

Le temps par contre s'était arrêté pour lui quand il était parti en prison.

C'est le dernier souvenir de sa vie à l'extérieur et peu importe les efforts qu'il pouvait mettre en œuvre, il ne peut pas effacer l'ardoise.

– Owen, c'était il y a des années. Ce que je veux dire, c'est que ce n'était pas une bonne chose à faire, mais... Je ne peux pas arrêter de le voir à cause de ça.

Il leva lentement la tête. Ses yeux se concentrent sur les miens.

- C'était ce qu'il t'a dit, hein ? demande-t-il.
J'acquiesce.

— Et pour le reste ? me défie-t-il.

Je hausse les épaules.

- Et pour la partie où elle finit morte ? demande-t-il.

J'inspire et mon souffle reste bloqué au fond de ma gorge.

— Oh, je vois, dit Owen dont les lèvres forment un sourire. Il n'a pas mentionné ça, hein ? Son corps a été retrouvé dans le Connecticut. Il est la dernière personne à l'avoir vue vivante, mais il avait un alibi et la police n'a pu trouver assez de preuves pour déposer plainte.

16

OLIVE

LORSQUE JE LE REVOIS...

Plus tard dans l'après-midi, l'histoire d'Owen me trotte dans la tête pendant que je me prépare. J'essaie d'annuler, mais Nicholas me répond que c'est impossible.

Lorsque nous parlons au téléphone, il me dit clairement que si je reviens en arrière le marché ne pourra pas se faire.

Ce n'est pas vraiment une menace, mais une déclaration.

Après avoir partagé son histoire avec moi, Owen a passé la journée à jouer avec son nouveau téléphone. Il n'essaie pas de m'influencer davantage et n'en dit pas plus.

En montant dans la Mercedes de Nicholas, je suis envahie par un sentiment d'effroi.

Il me fait un baiser sur la joue et des frissons me parcourent.

Quelle quantité des informations que m'a données Owen est vraie ?

J'avais remarqué ses larmes et rien dans tout cela ne me laissait croire que c'était un mensonge.

Toutefois, j'ai une expérience du mensonge et c'est le point principal

- Est-ce que tu vas bien ? demande Nicholas. Tu sembles ailleurs.

Je hausse les épaules.

– Je t'ai dit que je ne me sentais pas bien.

– Oui, je sais, mais je ne peux pas vraiment annuler cette réunion.

Je veux en savoir plus. Je voudrais savoir dans quoi je m'embarque. Je dois savoir tout ce que je peux pour jouer mon rôle correctement. Je n'arrive toutefois pas à poser les questions.

– Parle-moi de Nina, dis-je à la place.

Les mots s'échappent hors de moi sans mon consentement, mais une fois qu'ils sont sortis je les regrette.

– Nina était la petite amie d'Owen, dit Nicholas dans un soupir. Il redoutait cette conversation, mais il n'était pas surpris. C'était stupide. Nous nous sommes rencontrés à quelques reprises. Nous avons flirté, puis une nuit... Nous avons couché ensemble.

– Savais-tu qu'ils étaient ensemble ? demandé-je.

Il ne répond pas pendant un moment puis il fait un léger hochement de tête.

– Nina et moi nous étions tombés l'un sur l'autre dans un bar. Nous étions amis. Ils s'étaient disputés parce qu'il avait flirté avec une autre fille. Elle était jalouse. Elle avait pris quelques verres et elle avait commencé à jouer avec mes cheveux. Je l'aimais bien. Ma petite amie venait de me larguer et j'aimais ses attentions, dit-il en s'arrêtant au feu rouge.

– Continue, dis-je.

– Nous avons bu quelques verres puis je lui ai dit qu'elle ne pouvait pas conduire pour rentrer. Je ne voulais pas conduire non plus et il y avait un motel juste à côté. J'avais proposé qu'on partage les frais en deux. Une fois arrivé là... Je l'ai embrassé. Elle m'a embrassé et nous avons fini par passer la nuit ensemble.

Je prends une grande inspiration. Cette partie de l'histoire je peux la gérer, c'est la suite qui m'intéresse.

— Et ensuite ? je le pousse. Que s'est-il passé à cette *époque*, Nicholas ?

Je me tourne vers lui et j'attends une réponse. Ses yeux restent fixés sur la route et il hausse les épaules.

— Je n'ai pas eu de ses nouvelles pendant un moment. Au petit matin, nous regrettions tous les deux et nous nous étions promis de ne dire à personne ce qui s'était passé.

— Et ensuite ? demandé-je à nouveau.

Il mord sa lèvre inférieure, et glisse enfin son regard vers le mien.

— Qu'est-ce qui est arrivé à Nina, Nicholas ? Je demande à savoir. Il pend une grande inspiration.

J'attrape les appui-bras comme si je me préparais pour un impact.

— Elle a été tuée, dit-il lentement comme si les mots lui causaient réellement de la souffrance. Quelqu'un l'a tué. Son corps a été retrouvé dans le Connecticut. On lui a tiré dessus.

Je secoue la tête et je me détourne de lui, même si je ne le veux pas.

— Est-ce que tu... lui as tiré dessus ? je demande doucement.

La voiture s'arrête soudainement quand il se gare au bord de la route.

— C'est ce qu'Owen t'a dit ? demande Nicholas les yeux sont injectés de sang et pleins de colère. Est-ce que c'est ce qu'il t'a dit ? Il t'a dit que je l'avais *tuée* ?

Lorsque je hoche la tête, il saisit le volant et le secoue si fort que toute la voiture tremble.

— Je ne l'ai pas tuée, Olive. Elle était mon amie et nous avions passé une belle nuit ensemble. Je voulais la revoir, mais elle voulait faire les choses correctement vis-à-vis d'Owen. Je lui ai laissé de l'espace pour qu'elle puisse le faire.

— Alors que lui est-il arrivé ? murmuré-je

— Je ne sais pas. Nicholas hausse les épaules.
J'aimerais le savoir. Les policiers sont venus me voir.
Ils ont fait un prélèvement ADN et ils ont confirmé
que nous avions eu des relations sexuelles. C'est tout.
Rien de plus. J'avais un alibi pour la nuit où ils
pensent que cela s'est produit.

Je plisse les yeux.

— J'étais au cinéma. Ils m'ont vu sur les caméras.
C'est pour cela que je ne suis pas en prison à l'heure
actuelle. C'est pour ça que le dossier est toujours
ouvert.

Je regarde l'extérieur par la fenêtre et les mecs qui
sont au coin et qui pointent et rient de leur tennis. Je
ne peux pas entendre ce qu'ils disent parce que le
sang bat dans mes tempes beaucoup trop fort.

— Qu'est-ce que tu veux savoir d'autre ? demande
Nicholas. Tu peux tout me demander. Je ne l'ai pas
fait, Olive. J'ai été un connard et un tricheur, mais je
ne lui ai jamais fait de mal.

Il continue de parler pour essayer de me convaincre

de le croire. Les mots entrent par une oreille et ils sortent par l'autre.

Il parle un moment, puis il s'arrête. Lorsque nous restons assis en silence, j'essaie de savoir qui croire.

Nous arrivons au restaurant avec tout ce qui était ressorti entre nous toujours présent. Il veut que je le croie et je le veux aussi, mais vouloir et croire sont deux choses différentes. Owen veut que je le croie aussi et une part de moi le veut aussi.

Alors, et maintenant ?

Est-ce que je peux continuer avec tout cela ? Jouer ce rôle ?

Prétendre que tout va bien alors que ce n'est pas le cas ? C'est mon travail et je compte bien le faire.

Lorsque nous arrivons à la table, Nicholas me présente en tant qu'Abby et lui en tant que Henry. Le couple sourit et nous nous serrons la main et ils font de la place pour nous deux.

L'endroit n'est pas très formel, plus pour les affaires, mais de façon décontractée, remplie de personnes qui portent leurs vêtements pour le travail pour se détendre.

— Alors, que faites-vous, Kristen ? je demande.

Elle dégage ses épais cheveux de son cou et se lance dans une description vive de son travail dans un laboratoire biomédical.

Elle développe des appareils médicaux tout comme son marin qui travaille du côté commercial dans l'entreprise.

— C'est là où nous nous sommes rencontrés, dit-elle de son fort accent du sud. Nous avons tous les deux grandi en Caroline du Sud, puis nous nous sommes rencontrés ici à un pique-nique d'entreprise à LinoTech. Pouvez-vous le croire ?

Je souris et je leur pose plus de questions sur eux et leur travail.

Ils sont impatients de partager et moi d'écouter.

Cela me donne une chance de penser à certaines choses sans avoir l'air de ne pas porter attention.

Je hoche la tête occasionnellement et je pose quelques questions pour montrer que je suis et ça les relance sur un autre vague de conversation.

Lorsque la nourriture arrive, Kristen demande ce que nous faisons, en commençant par regarder Nicholas.

– Je suis dans l'immobilier, dit-il. Des prêts commerciaux à approuver assez ennuyeux et d'autres trucs financiers.

- Et vous ? demande Becker en me souriant.

– J'écris des questions pour des tests, pour le tronc commun. Les mathématiques, dis-je en utilisant les réponses classiques dont Nicholas ne veut pas que je dévie.

C'est ce que je faisais et je partage avec eux quelques détails pour dire en quoi cela consiste.

Pour une raison que j'ignore, les gens ont tendance à trouver mon travail fascinant même s'ils ne voudraient jamais l'exercer.

Cela a peut-être à voir que nous sommes tous allés au collège et que nous avons tous souffert ou profité de nos cours de mathématiques.

Nous prenons un autre verre et Kristen et moi ne laissons pas passer l'occasion de goûter leur moelleux au chocolat.

Le serveur revient avec deux fourchettes, mais Kristen demande rapidement à ce qu'on nous en apporte deux autres, disant qu'il n'y avait pas moyen que Becker laisse passer ce petit plaisir.

– Je ne peux pas croire que je mange cela, dis-je en prenant une bouchée.

– Hummm, c'est bon n'est-ce pas ? demande-t-elle.

– C'est extraordinaire.

– Je peux manger trois fois par jour, ajoute-t-elle en léchant sa fourchette d'une manière sensuelle.

Je la regarde se lécher les lèvres puis elle porte la fourchette aux lèvres de Becker. Je me demandais quand nous arriverions à cette partie de la soirée.

17

OLIVE

LORSQU'IL ME PARLE D'EUX.

Nous avons passé presque deux heures à
leur parler, mais nous n'avons toujours pas
évoqué la véritable raison de notre rencontre. Kristen
et Becker ont quelque chose dont Nicholas a besoin
et une des choses que le couple aime faire c'est de
l'échangisme.

Je porte la fourchette à mes lèvres et je regarde
Becker m'examiner très attentivement. Il me veut et
je mentirais si je disais qu'une partie de moi ne le
désirait pas aussi.

Je voudrais dire quelque chose, mais je ne sais pas
comment l'amener. Je n'ai peut-être jamais été à un
premier rendez-vous comme celui-ci, mais j'ai déjà
été à un premier rendez-vous, je sais que si on veut

que tout se passe bien nous devons vraiment improviser le moment venu.

Au premier rendez-vous, on ressent l'autre personne. On entrevoit qui la personne est, ou dans le cas présent, qui ils sont, pour savoir si nous irions bien ensemble. À la manière dont me sourit Kristen et comme ses doigts caressent ma cuisse, j'ai le sentiment que seul moi peux anéantir ce rendez-vous.

Nicholas ne m'a pas dit grand-chose sur ce qui allait se passer.

Tout ce que je sais c'est que ce couple en cherche un autre pour passer du bon temps.

Je ne sais pas comment je me sens face à tout cela parce que je ne sais pas quels sont mes sentiments concernant Nicholas à l'heure actuelle.

Avec tout ce que j'ai entendu à propos de Nina rend j'ai de la difficulté à faire des choix rationnels.

Est-ce que sortir avec un couple est un choix rationnel ?

J'essaie d'ignorer le fait que je n'ai jamais été avec

une femme auparavant sans parler de deux personnes pour des relations sexuelles.

Je sais que c'est très à la mode chez les filles du lycée de coucher avec des filles et des plans à trois ne sont pas inhabituels sur les campus universitaires.

En fait, je pense qu'il y a plus de personnes qui ont des plans à trois qu'il y en a engagés dans des relations stables. Je n'ai jamais rien fait de semblable.

Je jette un œil à Becker. Ses yeux sont complètement rivés sur Kristen, la regardant lécher sa fourchette.

Je suis soudain dans un film. Je me vois les regarder. C'est une expérience où je me retrouve au-dessus de mon corps parce qu'ils sont si connectés l'un à l'autre et je suis une étrangère.

Elle effleure ma jambe et soudain je ne le suis plus.

Je suis à ma place.

Ils me veulent.

La question est : est-ce que je suis d'humeur pour la fête.

Mes mains deviennent moites pendant que des sueurs froides naissent sous mes aisselles et coule sur mes bras. Peu importe ce que je vais dire, je dois le faire très délicatement.

J'immisce mes doigts loin de ma chaise en vinyle pour les placer doucement sur sa jambe. Kristen sourit et lèche sa lèvre inférieure.

Becker et Nicholas parlent quelque part au loin et avec chaque moment qui passe leurs voix s'éloignent de plus en plus. Je glisse pour me rapprocher d'elle.

— N'était-ce pas délicieux ? je demande.

Elle hoche la tête tout en la penchant d'un côté.

— Je n'avais rien mangé d'aussi bon auparavant.

— Moi non plus.

— Je pense que j'en veux plus, murmure-t-elle au bout d'un moment.

Je pose ma paume sur sa cuisse et elle ferme les yeux lentement, profitant du moment.

— Moi aussi, mais peut-être pas ce soir, dis-je. Ses yeux s'ouvrent en un clin d'œil. Je lui souris.

— Je vous aime bien, je murmure. Mais... pas ce soir.

Elle me regarde confuse et me fait un signe de tête compréhensif.

- Vous n'allez pas m'oublier, hein ? me murmure-t-elle. Vous pourriez seulement me dire que vous avez passé un bon moment, mais que ça ne fonctionnera pas. Cela ne me pose pas problème.

Le serveur revient avec la note et les hommes se disputent pour savoir qui va la payer. Enfin, Becker cède, mais il insiste pour que Nicholas lui donne son email Venmo pour qu'il puisse payer sa part.

– Vous avez entendu ce que je vous ai dit ? murmure Kristen. Je comprends. Ça me va totalement.

Je baisse les yeux vers la table, puis je les relève vers elle.

Mes lèvres s'entrouvrent et ma langue touche le haut de mon palais. Je prends un cure-dent qui est posé devant moi avant d'expliquer.

– C'est seulement que... Je n'ai jamais rien fait de ce genre avant.

- Vraiment ? halète-t-elle.

Je hausse les épaules, embarrassée.

— Alors, si c'est tout ce qui vous inquiète, alors il ne faut pas vous en faire, dit-elle. Il n'y a aucune pression, d'accord ?

Je hoche la tête et je souris jusqu'aux oreilles.

— Disons que nous pouvons organiser ça pour demain soir, je lui suggère alors que nous nous levons tous de table.

Kristen sourit, mais Becker et Nicholas ont l'air déçus. Elle tire sur la manche de Becker et lui dit des lèvres : « je t'expliquerai plus tard » à l'oreille.

Lorsque nous retournons à la voiture, Nicholas me demande des explications.

— Tu as dit que tu étais prête à tout.

— Je pensais que je l'étais, mais c'est un peu trop.

— Je n'avais pas besoin de t'inviter. J'aurais pu le faire tout seul.

— Ils étaient prêts à le faire ?

— Probablement. Je suis assez charmant.

Je lève les yeux au ciel. Nous nous disputons à propos du travail, mais nous savons tous les deux que

ce n'est pas ce que nous avons à l'esprit. Il se passe
quelque chose de plus important.

— Je n'étais pas prête, j'admets enfin. Je pensais que
je pourrais l'être quand tu m'en as parlé, mais après
ce que tu l'as dit à propos de Nina, je ne me sentais
pas... excitée.

Il serre la mâchoire.

— Je ne sais pas jusqu'où ça ira, dit-il. J'ai seulement
besoin qu'ils soient à l'aise avec nous. Elle a la clé
USB dans son sac avec son ordinateur. D'après ce
que ma source m'a dit, elle est attachée à son
ordinateur portable. C'est pour une question
pratique. Elle la transporte avec elle partout et c'est
pourquoi j'ai besoin qu'ils soient tous les deux
détendus et à l'aise pour faire l'échange.

— Pourquoi tu ne peux pas seulement entrer par
effraction dans leur appartement ou quelque chose
comme ça ? je demande.

— La sécurité ressemble à celle du Pentagon. Elle est
une personne très importante dans l'entreprise. C'est
pourquoi ils prennent toutes ces précautions. Ils ont
une faiblesse, par contre, un défaut fatal si l'ont peu
dire ainsi. Ils aiment faire la fête.

J'attends qu'il poursuive ses explications, mais il s'arrête. Je le fixe. Nos yeux se rencontrent.

— Tu aurais dû me prévenir que tu allais mettre un terme à tout ça, dit-il.

— Est-ce que tu es en colère ?

Il hausse les épaules et détourne le regard.

— J'ai besoin de pouvoir me reposer sur toi. Si je ne le peux pas, ça ne fonctionnera pas.

Le valet se gare avec la voiture de Nicholas et il lui donne un pourboire généreux. Il monte dans la voiture et il conduit en silence pendant quelques minutes.

— C'est un grand changement pour moi, dis-je. Je n'ai jamais rien fait de ce genre avant et je ne savais pas comment les choses allaient se passer.

— Tu es allée au club échangiste à Hawaï. Tu as même retrouvé ton amie là-bas, dit-il en souriant du coin des lèvres.

Il secoue la tête, déçu. Il pense que c'est drôle, alors que c'est loin de l'être.

— Je suis désolé, s'excuse-t-il, mais cela ne semble pas

suffisant. Je ne veux pas que tu fasses quelque chose dont tu n'as pas envie, mais c'est mon seul moyen d'entrer. Ils ne me font pas confiance. Ils prennent leurs précautions. Nous ne pouvons pas seulement devenir amis avec eux. Par contre, ils aiment avoir des relations sexuelles avec des étrangers.

– J'ai laissé les choses sur une note positive, dis-je. Je n'ai pas tout foutu en l'air.

– Mais si tu ne veux pas le faire, ça n'apportera rien de bon.

18

OLIVE

LORSQUE LES CHOSES PRENNENT UN TOURNANT...

Je secoue la tête et je croise mes bras sur ma poitrine.

Est-il sérieux ? Est-ce qu'il est réellement en train de me convaincre de faire quelque chose que je ne veux pas faire.

La colère commence à bouillir sous la surface et je ne peux pas la contrôler.

– Tu n'as aucun droit de me faire ça, dis-je en élevant la voix. Tu viens seulement de me demander d'être ta petite amie et maintenant tu me demandes d'avoir des relations sexuelles avec un couple que je viens de rencontrer. Je n'ai jamais embrassé une fille auparavant.

— Jamais ?

Il est stupéfait.

Je lève les yeux au ciel.

— Je suis désolé, je ne voulais pas que ça sorte de cette manière. Je suis seulement... Surpris. Ce que je veux dire, c'est que je pensais que de nos jours tout le monde s'amusait avec... tout le monde.

— Si tu pensais cela, pourquoi m'as-tu demandé que nous ayons une relation exclusive ?

Il ralentit à un feu rouge et il se retourne pour me regarder droit dans les yeux. Il tend la main et il fait courir ses doigts le long de ma mâchoire pour la souligner.

— Je veux que tu sois ma petite amie, dit-il au bout d'un moment. Je le veux et cela n'a rien à voir avec ça.

Je hausse les épaules.

— C'est seulement un boulot. Tu l'as dit toi-même, tu voulais envoyer balader Dallas, non ? Tu te souviens de lui ?

— Dallas c'était différent. Je venais juste de le

rencontrer. Il était sexy. Nous étions seuls. C'était quelque chose que j'avais déjà fait.

Je m'attendais à ce qu'il vienne vers moi à nouveau, qu'il essaie de me convaincre. À ma grande surprise, il ne l'a pas fait.

Il a seulement dit que je n'avais pas à faire une chose si je ne le voulais pas.

Nous roulons jusqu'à sa chambre d'hôtel en silence. Il a un appartement ici quelque part, il reste un mystère pour moi. Je ne suis toutefois pas intéressée pour rester. J'ai un mal de tête et je suis fatiguée de ces jeux.

– Ramène-moi à la maison, dis-je quand il se gare près du trottoir à son hôtel.

Cela lui prend un moment pour gérer la surprise de ma requête avant de repartir.

C'est seulement quand nous arrivons au coin de ma rue que je réalise que j'ai pu commettre une erreur.

Ce n'est pas que je ne veux pas rester à son hôtel, c'est que je veux qu'il m'y emmène. Pas vraiment par la force dans le sens contre ma volonté. Seulement qu'il insiste pour que je le fasse. Alors, je saurais qu'il tient à moi.

Je ne veux pas que tu fasses quelque chose dont tu n'as pas envie, dit Nicholas en se garant près de mon appartement. Si c'est trop pour toi, je comprendrais totalement.

— Alors, comment penses-tu pouvoir l'obtenir ?

— Je ne pourrai pas, dit-il, en tirant le frein à main. Je plisse les yeux.

— Alors, on fait quoi ?

Il hausse les épaules.

— Je ne sais, mais je vais devoir trouver un autre plan. Si c'est possible.

— Pourquoi as-tu besoin de cette clé ?demandé-je.

Il avale difficilement, mais ne me réponds pas. Je lui demande à nouveau et je reste toujours sans réponse.

— C'est un boulot, Olive. Moins tu en sais, mieux c'est, dit-il finalement.

— Je ne pense pas que ce soit vrai, j'insiste. Je peux tout faire si je le dois, mais si je ne comprends pas pourquoi alors j'ai du mal à me consacrer entièrement à la tâche.

Il s'adosse dans son siège et longe la couture du volant de l'index.

Il réfléchit.

Analyse.

Il essaie de voir ce qu'il peut me dire.

Finalement, il ne dit rien.

– Il n'y a qu'une chose que je ne peux pas te dire. Soit tu le fais, soit tu ne le fais pas, mais ne me fais pas de faveur.

Je plie mes jambes sous mes fesses et je me tourne vers lui.

– Qu'est-ce qui va se passer quand nous irons dans leur chambre d'hôtel ? je demande. Il hausse les épaules.

– Je ne sais pas. Tu lui as dit que tu n'avais pas vraiment d'expérience, alors peut-être rien. Ou peut-être tout.

– Et si je dis que je ne veux pas ? Que je ne voudrais

pas le faire, je demande avec la voix qui craque au milieu de la phrase.

C'est la première fois que je verbalise comment je me sens vraiment.

Nicholas se tourne pour me faire face.

— Je ne te ferai pas faire quoi que ce soit dont tu n'as pas envie, Olive. Je ne peux rien te dire de plus sur ce travail que ce que je t'ai déjà dit. Ce n'est pas prudent.

— Qu'est-ce qui va nous arriver si je ne le fais pas ?demandé-je.

— Je voudrai toujours être avec toi, dit-il au bout d'un moment.

— Est-ce que tu voudras toujours être mon partenaire ? je demande.

Il se détourne de moi. Je lui demande à nouveau, mais il refuse de me donner une réponse. Lorsque je sors de la voiture et j'entre dans l'immeuble, je sais que la proposition n'est plus d'actualité.

Lorsque j'entre à la maison, j'essaie de marcher sur la pointe des pieds devant Owen qui est sur le canapé, mais il se retourne et me prends sur le fait. Je laisse échapper un fort grognement et je lui dis que je ne suis pas d'humeur pour une dispute. Il lève les mains en l'air et retourne à son livre de poche.

J'enlève mes collants et mon soutien-gorge inconfortables et je fais tomber tout le reste de mes vêtements sur le sol.

Je vais directement dans la douche pour me laver de la dispute. Je préfère prendre ma douche avant d'aller au lit toute propre, mais ce soir je ne me sens pas particulièrement fraîche.

On n'aime pas l'admettre, mais les couples qui sortent avec d'autres couples et qui couchent avec eux ne sont pas une activité si inhabituelle. Le truc c'est que peu de personnes en parlent.

Ce n'est pas le côté physique qui me rebute pourtant.

Kristen et Becker sont tous les deux assez séduisants et avec l'aide d'un peu d'alcool, je pourrais considérer tout cela comme une façon agréable de passer du temps.

Alors qu'est-ce qui me dérange ?

Je ne sais pas vraiment.

Nicholas avait raison.

Lorsque j'avais vu Dallas, je voulais coucher avec lui.

Il débordait de sexualité et je voulais sentir ses mains sur moi.

Peut-être que ce qui est différent ici c'est le rendez-vous en lui-même.

C'est peut-être trop pour moi.

Lorsque j'étais allée voir Dallas, mon attirance avait seulement pris le contrôle.

Je m'étais sentie balayée et nous aurions pu passer un très bon moment si nous n'avions pas été interrompus.

Je m'étais senti de la même manière quand nous étions allés dans ce club à Hawaï.

Tous ces couples sexy autour de nous qui se touchaient et s'embrassaient. Qui n'aurait pas voulu les rejoindre ? Il y avait eu une interruption à nouveau.

Par contre, rencontrer Kristen et Becker avec
l'intention explicite de voir si ça pourrait passer était
plus que ce que je pouvais assimiler.

Je ne pouvais pas laisser mon corps prendre le
dessus.

Je ne pouvais pas me laisser perdre dans l'instant
présent.

Et maintenant ? Que va-t-il se passer exactement ? Si
je ne peux faire ce travail, alors ça en sera fini ? Du
moins, professionnellement parlant.

Si cela arrive, alors que *m'arrivera-t-il* ?

Des larmes commencent à s'accumuler.

J'enfouis ma tête dans mes mains. Je me sens si
impotente et stupide.

J'avais quitté mon emploi.

Mon emploi bien payé et important avec une
perspective d'avenir pour un homme.

Juste un mec.

Oui, il est sexy, doué de ses mains et il sait jouer avec

mon corps avec ses mains et alors ? J'aurais dû le prévoir.

Je n'aurais pas dû être aussi impulsive.

Seulement les hommes font ce genre de choses.

Seulement les hommes risquent tout pour un moment de plaisir et je ne suis pas un homme.

J'aurais dû être au-dessus de tout cela.

Je ne l'entends pas entrer jusqu'à ce qu'il soit assis près de moi dans mon lit.

Il ne me pose pas de questions. Il me prend tout simplement dans ses bras et me serre contre lui.

Je sanglote bruyamment et j'essaie d'essuyer mes yeux encore et encore.

19

OLIVE

LORSQUE JE PARLE TROP...

JE NE PENSE PAS QUE NOUS TRAVAILLERONS À NOUVEAU ENSEMBLE, dis-je.

Il ne sait pas grand-chose de l'offre que m'a faite Nicholas et je ne devrais pas en parler, mais les mots sortent tout seuls.

Owen hoche de la tête et m'écoute, en me serrant dans ses bras.

Cette intimité m'avait manqué, même si elle me semble bizarre.

Nous n'avons jamais été proches en grandissant, en fait nous nous sommes plus disputés que nous avons joué ensemble.

Maintenant que je suis adulte, c'est agréable d'avoir une personne de la famille qui s'inquiète pour moi.

Ma vision est floue, tout comme mes souvenirs, et je n'arrive pas me rappeler ce que j'ai dit à Owen à propos ce qui s'est passé à Hawaï.

Je sais que j'ai essayé de le couvrir, mais pas ce soir.

- Alors, c'est pour ça que tu as quitté ton emploi ? demande-t-il. Parce qu'il allait te payer un million de dollars pour travailler avec lui ?

J'acquiesce.

– Alors qu'allez-vous faire ensemble ?

Je hausse les épaules, tout en gardant ma tête blottie contre lui.

– Olive, réponds-moi.

Il me lâche de lui.

Soudain, je réalise que j'ai commis une erreur.

Je lui ai donné des munitions qu'ils n'auraient pas dû avoir.

J'ai confondu ses gestes d'attention pour ceux d'une personne qui pourrait tout simplement écouter mes problèmes et pas pour celle d'une personne qui les écouteraient tout simplement pour me faire avaler de forces ses opinions.

— Je n'aurais pas dû te raconter tout ça, dis-je en refermant mon peignoir.

— Comment as-tu pu être aussi stupide ? demande-t-il en se relevant. Comment as-tu pu accepter quelque chose d'aussi ridicule ? Comment as-tu pu abandonner un emploi bien payé pour lequel tu as travaillé si dur ?

Je prends une grande inspiration pour tenter de calmer la colère qui semble être juste sous la surface, prête à jaillir à tout moment.

- Qu'est-ce qu'il y a sur cette clé ? demande-t-il. Et si c'était quelque chose de top secret ? Et si c'était quelque chose de secret défense ? Et si tu faisais quelque chose qui pourrait t'envoyer en prison pendant plusieurs années ?

Il a raison.

Bien sûr qu'il a raison.

Je devrais le savoir.

Je dois savoir dans quoi je m'embarque. C'est une chose de voler des bijoux et des choses comme ça, mais une tout autre chose que de prendre des secrets d'initiés et ceux du gouvernement.

Bien sûr, je ne peux pas l'admettre, pas maintenant et certainement jamais.

Je ne dis rien pendant un moment, mais cela ne l'empêche pas de fulminer et je regrette de m'être ouverte à lui.

Ne comprend-il pas que cela ne nous rapprochera pas ?

Ne comprend-il pas que cela me donne encore plus envie d'être avec Nicholas ?

Au moins, il ne me demande pas de choisir entre le seul membre de ma famille et l'homme que j'aime.

Voilà.

L'amour.

Ce mot.

Ce mot étrange que je n'ai jamais dit à personne avant.

En fait, je n'ai jamais pensé.

Mon premier petit ami au collège ? La raison pour laquelle nous nous sommes séparés venait que je ne pouvais pas lui dire en retour.

Ses parents étaient mariés depuis vingt ans et ils se le disaient tout le temps.

Je n'ai pas grandi dans ce genre de maison.

Ma maison ?

Chaque fois que ma mère utilisait le mot « amour », c'était en tant qu'arme. Soit pour nous faire culpabiliser ou... non, attendez, c'était seulement pour ça.

Elle l'utilisait seulement quand elle voulait que je fasse quelque chose et elle l'utilisait toujours sous la forme d'une question.

Ne sais-tu pas que je t'aime ?

Ne sais-tu pas que la seule raison pour laquelle je te demande de faire ça c'est parce que je t'aime ?

- Comment sais-tu qu'il a de l'argent ? demande Owen en me tirant de mes pensées.

Enfin, j'ai un moyen de défendre Nicholas.

— Il a payé mon billet en première classe pour Hawaï.
J'ai vu sa maison, dis-je.

— Cela pouvait être seulement un AirBnB, dit Owen
d'un air suffisant.

— Je suis allée à une fête là-bas. Les gens le
connaissaient. Il a cette maison depuis un moment.

Cela lui rabat le caquet, mais seulement
temporairement.

Lorsqu'il lance une nouvelle attaque qui dit à quel
point il est dangereux de devenir sa partenaire sans
rien savoir, je me lève et je le jette hors de ma
chambre.

— Cette conversation n'est pas terminée, menace
Owen. Je veux parler de tout cela.

— Pas moi, dis-je en lui fermant la porte au nez.

Lorsque je me réveille, le soleil est déjà haut
dans le ciel. Je prends mon téléphone, m'attendant à
avoir un message de Nicholas pour me dire bonjour.

Il m'en a envoyé au cours des derniers jours, mais ce matin il n'y a rien.

Je mords ma lèvre inférieure et j'essaie de me rendormir. Je fais défiler sans but Facebook et Instagram et lorsque je commence à m'ennuyer, je lis les informations.

Une heure passe et je dois vraiment aller aux toilettes. Je me force finalement à sortir du lit et à me laver le visage.

Je mets mes vêtements les plus confortables que je peux trouver, en gros un pyjama, pour aller dans le salon. À ma grande surprise, Owen n'est pas là. Je regarde l'heure. Il est presque onze heures. J'essaie de me rappeler quand il devait aller voir son agent de probation, mais rien ne me vient à l'esprit.

Peu importe la raison, je suis heureuse d'être seule dans mon appartement.

D'après ce que je sais, Sydney est toujours à Hawaï, même si je n'ai pas eu beaucoup de nouvelles d'elle non plus. J'ouvre le placard à côté du micro-onde et je prends la boîte de thé Earl Grey. Habituellement, je bois un thé à la menthe, mais ce matin j'espère que la caféine me libèrera de mon terrible mal de crâne.

La boîte est vide.

– Merde, je murmure en secouant la tête.

Il n'y a plus de café non plus.

– Merde, merde.

Je glisse dans mes bottes et j'attrape mon manteau. Il y a un café au coin de la rue, mais pour y aller je vais devoir aller dehors avec l'air de m'être levé il y a peu de temps.

Je jette un œil à mon reflet dans le miroir dans l'entrée.

Mes cheveux sont en bataille.

Mon teint est pâle et tâché autour de mon nez.

Mes yeux sont injectés de sang.

Mon dernier espoir est de ne rencontrer personne que je connais là-bas.

20

OLIVE

LORSQUE JE DOIS FAIRE UN CHOIX...

Pendant que je fais la queue, je regarde l'étalage et je commence à saliver devant les éclairs au chocolat avec des paillettes roses.

Ce n'est que de la malbouffe, je me dis. Je n'en veux pas vraiment. Tu vas le regretter dès que tu l'auras mangé et tu vas te réprimander tout le reste de la journée.

- Ils sont l'air délicieux, non ? me demande la femme qui est debout derrière moi.

Ses longs cheveux sont attachés en un chignon et elle a son matelas de yoga attaché par une lanière en bandoulière.

– Oui, dis-je. Je salive seulement à les regarder.

– Oh, mon Dieu, moi aussi ! murmure-t-elle.

Elle regarde l'éclair au chocolat comme si c'était son petit ami qui était disparu depuis longtemps.

Si la taille zéro n'existait pas auparavant, elle serait la personne pour qui elle serait inventée.

– Vous devriez en prendre un, dis-je. Je veux dire, l'une de nous le devrait.

– Non, je ne peux pas, rit-elle. Je n'ai pas sué pendant une heure et demie pour ruiner mes efforts avec ça. Pourquoi ne vous faites-vous pas plaisir ?

Je hausse les épaules.

– J'aimerais bien, croyez-moi. Je n'ai pas fait d'exercice aujourd'hui. Ni même durant la dernière décennie.

– D'accord, alors soyons forte toutes les deux, suggère-t-elle et je suis d'accord.

Lorsque mon tour de passer commande arrive, j'opte seulement pour un thé chaud Earl Grey. Le serveur me tend une tasse et je fais un salut du poing en signe de solidarité à la jeune femme.

— Vous pouvez le faire, lui murmuré-je en la voyant hésiter.

Nous nous rencontrons de nouveau au poste crème et sucre.

— Je n'en ai pas pris, annonce la femme avec fierté. Je suis restée forte.

— J'en suis heureuse.

— Je ne pense pas que j'aurais pu le faire sans vous, admet-elle en me poussant légèrement avec sa hanche.

Je lui souris.

Vu de l'extérieur, elle semble si maîtresse d'elle-même jamais je n'aurais cru qu'elle pourrait rencontrer les mêmes problèmes que moi.

L'habit ne fait pas le moine, non ?

Elle se dirige vers une boutique près de chez moi, alors nous faisons la route ensemble, tout en parlant d'à quel point la météo est mauvaise ces derniers temps.

— Alors, écoutez, dit-elle en me prenant par le bras et

m'entraînant dans une allée juste avant que j'arrive chez moi.

— Qu'est-ce que vous... faites ? Je commence à poser la question avant de réaliser qu'elle m'a plaqué contre le mur et qu'elle avait l'index levé contre mon visage.

— Ton petit ami, Nicholas Crawford, dit-elle d'un ton totalement différent, a des ennuis.

— Quoi... comment... ? Je la repousse et j'essaie de comprendre ce qu'il se passe, mais elle ne bouge pas.

— Il doit beaucoup d'argent à mon boss après le travail à Martha's Vineyard.

— Je ne sais rien de tout ça.

— Ça viendra. Pose-lui des questions à ce propos. Demandez-lui ce qu'il a fait avec le collier Harry Winston. Demandez-lui ce qu'il a fait à son partenaire.

Mes mains se referment en des poings, me préparant pour une bataille que je ne pense pas pouvoir gagner.

— Comment savez-vous cela ? je marmonne en essayant de trouver une question cohérente.

— Tout le monde sait qu'il est de retour en ville. Il n'essaie même pas de le cacher. Il ne peut pas se balader comme s'il ne nous avait pas volé deux millions de dollars quand *tout le monde* sait qu'il l'a fait.

Je secoue la tête pour dire non. Elle recule d'un pas et je laisse échapper un soupir de soulagement.

— Qu'est-ce que vous voulez que j'y fasse exactement ? je demande.

Elle recule d'un pas et croise ses bras sur sa poitrine.

— Nicholas Crawford n'a pas d'argent, dit-elle. Ce qu'il a c'est un bon éventail de capacité.

Ses mots « il n'a pas d'argent » résonnent en moi comme un écho. Je les entends encore et encore parce qu'ils confirment mes pires cauchemars.

— Est-ce que vous m'écoutez ? Vous devez entendre ce que je dis, Olive.

Je redresse la tête. Nos yeux se rencontrent et j'attends.

– Le travail qu'il a refusé de faire hier, nous avons besoin de cette clé. Vous allez l'aider à l'obtenir.

Je reste bouche bée.

– Vous savez pour cela ? je demande.

– Il pensait que ce travail était optionnel et tant qu'il souhaitait le faire, nous le laissions le penser. Ce n'est pas le cas. Plus vite il s'entre ça dans le crâne, mieux ce sera pour tout le monde.

Je m'appuie contre le mur pour essayer de rassembler mes pensées pour dire quelque chose d'intelligent. Rien ne me vient à l'esprit.

– Je vais être franche avec vous, Olive, dit-elle en s'approchant de moi quand un couple dans la vingtaine passe près de nous. Si nous n'avons pas cette clé demain matin, alors le contrat sur la tête d'Owen sera payé.

Mes oreilles commencent à bourdonner et le sang commence à monter à mes oreilles.

– De quoi parlez-vous ?murmuré-je.

Elle commence à partir et je lui crie après.

Elle me répond seulement quand je la rattrape.

– Il y a un bruit qui court dans les rues que quelqu'un veut la tête d'Owen et qu'il est prêt à payer cent mille dollars pour cela. Alors, si vous ne nous rapportez pas cette clé, nous allons le mettre en action.

– Je ne sais pas de quoi vous parlez, dis-je quand elle recommence à partir. Je ne sais rien de tout ça.

– Je pense que vous le savez, dit-elle. Elle me tend quelque chose et le presse contre ma poitrine. Je tressaille, inquiète que ce puisse être une arme, mais elle rit et disparaît au coin de la rue.

Sur le sol, je trouve un bout de papier avec un numéro et le nom de Janet Bailey dessus.

21

OLIVE

LORSQUE JE DOIS FAIRE UN CHOIX...

JE M'APPUIE CONTRE LE MUR ET JE RESTE LÀ UN MOMENT. Les mots devraient tourner en rond, hors de contrôle, mais pour une raison quelconque ce n'est pas le cas.

Mon esprit se concentre plutôt sur les détails. Les briques semblent rugueuses sous mes paumes.

L'allée a une odeur d'humidité que je n'avais pas remarquée auparavant. L'air lui-même en est imbibé. Même si c'est désagréable ici, je n'arrive pas à partir.

Le monde est trop brillant et bruyant là-bas. Il va aussi trop vite. Non, ici je suis en sécurité.

Toutefois, un homme vêtu d'une veste en cuir avec le

col remonté tourne pour entrer dans la rue et commence à marcher vers moi. Il sort une cigarette et me demande du feu. La peur me saisit et me sort de mon hébétude. Je lui dis rapidement que je n'en ai pas et je fuis.

Je ne sais pas où je dois aller ou quoi faire. Combien des choses que Janet a dites sont vraies ? Je ne le sais pas.

Je doute que ce soit son véritable nom, déjà. Et pour le reste ?

Je sais que Nicholas a pris un collier et je sais que son partenaire a été retrouvé mort.

Je n'ai pas cru Owen quand il m'a dit que c'était Nicholas qui l'avait tué, mais Janet semble tout confirmer.

Je sais qu'il avait doublé son boss, pourquoi ne l'aurait-il pas fait avec son partenaire ?

Alors que je marchais dans la rue, m'éloignant de plus en plus de la maison, je me laisse guider par mes pas.

Je ne sais pas où je vais et ça me va. Je me concentre

sur une autre chose qu'elle a mentionnée. Ce qu'elle pensait que je savais.

Nicholas n'a pas d'argent. Owen le soupçonnait, mais Janet l'avait confirmé.

Qu'est-ce que cela signifie ? Et cette maison à Hawaï et les billets d'avion en première classe qu'il avait payés ?

Bien sûr, ce n'est pas parce qu'il n'a pas des millions que cela veut dire qu'il n'a pas d'argent.

Par contre, cela veut dire qu'il n'a pas le montant qu'il m'a promis.

Je réalise où je suis seulement quand j'entre dans le hall de l'hôtel cinq-étoiles et je me dirige directement vers sa chambre. Je frappe à quelques reprises, mais personne ne répond. Je frappe à nouveau.

– Je suis désolé, je ne t'avais pas entendu, dit-il clairement surpris de me voir. Il pointe le casque antibruit autour de son cou en signe d'explication.

- Est-ce que nous avions parlé de nous voir ? demande-t-il en me donnant un baiser sur la joue.

– Non, je voulais tout simplement venir te voir, dis-je en passant devant lui.

– J'aurais aimé que tu m'envoies un message, dit-il en ramassant un tas de papier sur la table à café.

J'aurais aimé ne pas avoir envoyé autant de messages auparavant. J'aurais aimé ne pas être un produit de ma génération et de l'avoir toujours tenu informé d'où j'étais et ce que je faisais.

– Pourquoi ? Est-ce que tu caches quelque chose ? demandé-je, en souriant du coin des lèvres.

– Non, bien sûr que non, dit-il en mettant ses mains autour de ma taille et me faisant tourner pour que je sois face à lui.

Lorsque mes yeux rencontrent les siens, une petite partie de moi fond. Ses doigts effleurent l'extérieur de mon bras, me faisant frissonner.

Mes lèvres s'entrouvrent. Il lèche les siennes.

Je sens que je perds le contrôle de mon corps. Je lève ma main vers son visage et je touche sa bouche.

Nos regards restent rivés l'un à l'autre et je vois ses pupilles s'agrandir.

– Tu es si belle, murmure-t-il en touchant mon cou.

Mes joues rougissent et je me penche pour m'éloigner de lui, embarrassée par mon propre embarras.

Lorsque ses lèvres touchent les miennes, j'ouvre la bouche pour l'accueillir.

Plus notre baiser dure, plus il est difficile pour moi de me rappeler pourquoi je suis venue.

C'est comme si mon esprit devenait vide et que la seule chose qui importait c'était de le toucher et d'être avec lui. Alors que ses mains montent et descendent sur mon corps, je sais que je ne suis pas la seule qui éprouve du désir. Nicholas éteint la lumière et me jette sur le lit.

22

OLIVE

LORSQUE JE LE METS AU DÉFI...

Qu'est-ce que je viens de faire ? Étendue dans ses bras, enveloppée dans des draps de coton égyptien, je fixe le plafond sculpté.

Comment ai-je pu faire faire ça ? Je suis venu ici pour savoir s'il m'a menti. J'étais venu pour avoir le fond de l'histoire et j'ai fini par coucher avec lui.

Mon désir pour lui n'a pas de limites. Je le désire tout simplement.

J'ai envie de lui. J'ai besoin de lui.

Comme si j'étais accro à lui. Je n'avais jamais vécu quelque chose de semblable auparavant.

La dernière fois que nous nous sommes parlés, nous

nous étions disputés et pourtant dès que je suis arrivé ici, c'était comme si rien de tout cela n'avait d'importance.

Il m'a pris dans ses bras et mon esprit avait été remis à zéro.

Je frotte mon nez au creux de ses bras et je profite du cocon qu'il a fait pour moi. C'est bien, mais ça ne peut pas durer.

Je dois dire quelque chose. Je dois parler de tout cela. Je me renforce pour ce qui se prépare et quand je suis enfin prête à ouvrir la bouche, j'entends un gros ronflement.

Je souris et je profite de l'excuse pour rester étendue là. Qu'est-ce qu'il se passe avec moi ?

Je ne me suis jamais sentie ainsi auparavant. Il me manque quand il n'est pas là. Je veux lui écrire et lui parler tout le temps ?

J'en veux toujours plus. Il se passe des choses importantes et pourtant je peux à peine m'inquiéter.

J'ai l'impression qu'on m'a droguée, mais je ne veux pas arrêter d'en prendre.

Au bout d'un moment, mes paupières deviennent lourdes et j'arrête de lutter contre le sommeil.

Avec les bras de Nicholas serrés fermement autour de moi, je me laisse entraîner dans un autre monde où nous pouvons être ensemble et loin de tous nos problèmes.

On frappe lourdement à la porte ce qui me réveille en sursaut.

Quelqu'un crie : « Ménage ! » à travers la porte et elle ne m'entend pas lui crier en retour : « non merci ».

La femme de ménage commence à faire rouler son large chariot et elle s'arrête seulement quand elle voit Nicholas avec la couverture devant son torse, il lui fait signe et lui demande de revenir plus tard.

– C'était un réveil brutal, rit-il en faisant tomber la couverture et se remettant au lit.

Il berce ma tête d'une de ses mains et fait courir ses doigts le long de ma lèvre inférieure.

Ma bouche cherche la sienne et je glisse ma main le long de son torse.

Non, non, non, je n'arrête pas de me dire.

Cela arrive encore.

Je sens une chaude sensation au creux de mes reins et chacune des cellules de mon corps semble le désirer.

— Non, dis-je en le repoussant. Nous ne pouvons pas recommencer.

— Et pourquoi pas ? demande-t-il avec un sourire ayant une main posée sur mon sein. Que tu viennes ici était une bonne surprise.

— Je ne suis pas venu pour ça.

— Oui, mais c'est pour ça que tu es restée, dit-il.

Nicholas me touche aussi, mais j'utilise toute mon énergie pour ne pas succomber.

Je sais que je n'aurais pas eu la force de le faire si nous n'avions pas déjà batifolé.

— Non, je veux te parler de quelque chose.

Il s'assoit et s'adosse à la tête de lit.

– Demande-moi ce que tu veux.

Mes paupières commencent à battre, rapidement,
sans que je puisse le contrôler.

Je frotte le derrière de mon cou pendant que j'essaie
de voir par où commencer.

Devrais-je lui parler de Janet ? Je ne sais pas.

– Prend ton temps, ça va aller, dit Nicholas en
mettant ses bras autour de mon cou quand mon
souffle s'accélère. Peu importe ce que tu as à dire, dis-
le. Ce n'est que moi, Olive.

C'est ce que je voudrais croire aussi. Il est seulement
Nicholas Crawford. Je le connais.

Nous avons passé beaucoup de temps ensemble.
Nous avons partagé des secrets à propos de notre
passé.

Toutefois, je ne sais pas grand-chose sur lui. Du
moins, rien de substantiel.

Sauf que bien sûr, j'ai ce désir insatiable d'être
avec lui.

– Je pensais à l'offre, je commence. Je sais que j'ai fait

une erreur avec Kristen et Becker et tu as dit que nous ne pourrons plus travailler ensemble...

— En fait, Kristen m'a envoyé un message pour me demander si nous étions libres ce soir, m'interrompt-il.

Cela me prend au dépourvu.

— Tu n'as pas à venir si tu... Commence-t-il, mais c'est à moi de l'interrompre.

— Nous pourrons en parler plus tard, mais ce que je me demandais c'était... Quand vas-tu me payer ?

Il se redresse un peu, puis glisse à nouveau.

Ce n'est pas ce qu'il s'attendait à ce que je dise.

— Quand tu veux, dit-il.

— Vraiment ? Je lève un sourcil. C'est super, parce que j'ai mon loyer à payer et mes autres factures.

— Oui, bien sûr, dit-il. Est-ce qu'un chèque te convient ?

J'acquiesce. S'il bluffe, il est vraiment bon. Quel avantage en tirerait-il ?

Il doit savoir que je vais déposer le chèque le plus

vite possible et s'il est en bois, la vérité surgira rapidement.

- Combien est-ce que je te dois ? demande-t-il en attrapant son carnet de chèques de son porte-document.

– C'est un million de dollars sur un an, c'est ça ? lui demandé-je en sortant mon téléphone. Il acquiesce.

– Alors, tu me dois deux semaines. Cela fait trente-huit mille quatre cent soixante et un dollars et cinquante-trois cents, mais tu peux arrondir à trente-huit mille si tu veux.

Comme tu es généreuse, dit Nicholas.

Après avoir signé le chèque, il me le tend et s'appuie contre le mur. Il comporte tout le montant que j'ai cité.

– Merci, je murmure.

Je suis un peu choquée, puisque je n'ai jamais tenu autant d'argent entre mes mains.

Mes doigts et mes orteils commencent à picoter et je croise et décroise les jambes pour être confortable.

D'accord, calme-toi et reprends-toi.

Il est possible qu'il n'y ait pas d'argent. Tout le monde peut écrire un chèque.

D'après ce que tu sais, il est peut-être en bois.

– Je peux le déposer ? demandé-je.

Nicholas me fixe pendant un moment et rit.

– Bien sûr. Attends, tu penses que je vais te faire un chèque en blanc.

23

NICHOLAS

LORSQUE JE MENS...

LE CHÈQUE N'EST PAS BON.

Du moins pour le moment. Il ne sera pas en bois si elle attend deux jours et que j'obtiens la clé USB pour le client.

À l'heure actuelle, j'ai moins de trois mille dollars à mon nom. Nous sommes samedi après-midi et les banques ferment dans une heure.

Elles resteront fermées demain et le plus tôt qu'elle pourra le déposer est lundi matin, si elle est si pressée.

La clé USB vaut deux cent mille dollars pour moi, car elle est difficile à obtenir.

Elle vaut au moins cinq fois ce prix pour les informations qu'elle contient.

Une personne intelligente n'aurait jamais fait une promesse qu'il ne pourrait pas tenir. J'ai toutefois toujours été de ceux qui vivent leur vie en brûlant la bougie par les deux bouts. J'avais payé sa dette quand il me restait toujours un demi-million parce que je voulais qu'elle me fasse confiance et parce que j'avais une dette envers ma propre sœur.

Olive est très douée dans son domaine. Elle est prudente, minutieuse et une excellente partenaire.

Je le sais parce qu'elle n'aime pas les partenaires et qu'elle avait toujours travaillé seule. Je ne connais pas l'étendue de ses connaissances, mais les rumeurs disent qu'elles sont considérables.

Si seulement dix pour cent de ces rumeurs sont vraies alors cela sera plus que suffisant pour me remettre sur pieds.

L'offre d'un million de dollars ? Seulement une partie de cela est vraie.

J'ai l'intention de payer dès que je mets la main sur

l'argent. Elle me pardonnera cela, non ? Espérons seulement qu'elle ne découvrira pas la vérité.

Olive me touche la main, ce qui arrête le flot de mes pensées

Au lit, nous sommes comme de la dynamite.

Dangereux.

Difficile à contrôler une fois allumé.

Explosif.

Que sommes-nous à l'extérieur ?

Que ressent-elle réellement pour moi ?

Lui demander de devenir ma petite amie est une des choses les plus difficiles que j'ai faite. Alors que ce n'est rien. Les gens le font tout le temps. Ils tombent amoureux et se disent ce qu'ils ressentent. Pas moi. Je peux plaisanter. Je peux être amusant. Je peux profiter. Par contre, je ne peux pas dire à une femme ce que sont mes sentiments pour elle. Je ne peux vraiment pas le dire à cette femme.

- Est-ce que tu vas bien ? demande Olive. Tu es devenu si silencieux tout à coup.

— Je réfléchissais.

— À quoi ?

— Toi.

Elle sourit. Elle voudrait sûrement que je sois plus explicite, mais je ne le fais pas. Elle croit certainement que j'agis ainsi de manière délibérée. Être sombre et mystérieux. Pas parce que je suis un lâche. Pas parce que je n'arrive pas à dire la seule chose que je souhaite vraiment dire.

— Alors, l'argent... Tu l'as, n'est-ce pas ? demande-t-elle.

J'acquiesce.

— Pourquoi me demandes-tu ça ?

Je suis désolée, je sais que c'est personnel et un peu impoli de parler d'argent.

— C'est impoli de parler d'argent ? je demande.

— Ce n'est pas le cas ? Ce n'est pas ce que tout le monde dit ? Ce n'est pas quelque chose de bas-étage ?

— Je pense que les personnes qui ont plus d'argent qu'ils ne peuvent dépenser ne veulent pas que les autres personnes, celles avec de réels problèmes, sachent à quel point ils en ont.

Cela la fait rire et il laisse échapper un petit soupir de soulagement.

– Je parlais à Owen et il m'a mis des idées nulles en la tête, continue Olive.

J'étais tentée de le descendre, mais je dois avoir une vision à long terme. Je dois devenir son ami, peu importe à quel point cela me semble impossible, et pour y arriver, j'ai besoin d'Olive.

– Comment il... s'en sort pour se réinsérer? demandé-je.

– Pas très bien, admet-elle. Il est allé voir son officier de probation et il va essayer de trouver du travail, mais nous nous disputons beaucoup.

– Vraiment ?

– Il te hait vraiment. Nous avons eu cette dispute, j'étais tellement en colère contre toi et il était si impatient d'écouter. J'ai été si stupide, dit-elle en enfouissant sa tête dans ses mains.

– Que s'est-il passé ? demandé-je en mettant mon bras autour de ses épaules.

– Rien, murmure-t-elle en se frottant les tempes.

– Que s'est-il passé, Olive ?

Elle prend la bouteille sur la table de chevet, l'ouvre et prends une gorgée. L'étiquette autour du goulot indique qu'elle coûte cinq dollars.

– Est-ce qu'il a fait quelque chose pour te blesser ? je demande, sortant le prix de l'eau de mon esprit.

– Non, non, bien sûr que non, dit-elle rapidement. Plutôt le contraire en fait. Il me surprotège, j'ai l'impression que je vais suffoquer.

– Pourquoi ne restes-tu pas ici avec moi ?

Les mots m'échappent au moment où je réalise quel genre d'erreur cela pourrait être. Je ne veux pas creuser un fossé entre Olive et Owen, je veux les rapprocher.

– Non, je ne peux pas, dit-elle à mon grand soulagement. Il vient tout juste de sortir de prison et je ne veux pas qu'il soit tout seul. Je ne veux pas non plus qu'il parte et qu'il aille chez notre mère.

– Oui, cela ne ferait du bien à personne.

Elle acquiesce et secoue nerveusement son pied à nouveau. En prenant le chèque, elle passe le doigt sur les chiffres.

– Cela signifie tellement pour moi, murmure-t-elle. Je ne sais pas comment j'aurais fait pour payer mon loyer sans ça.

– J'espère que ton loyer n'atteint pas ce montant, dis-je en plaisantant et en priant silencieusement pour que je récupère la clé USB ce soir et qu'au moins elle ne le dépose pas tout de suite.

– Non, bien sûr que non. Avec ce montant, il m'en restera beaucoup.

Je réoriente la conversation sur Owen et la raison pour laquelle il ne m'aime pas.

Je dois savoir ce qu'elle sait et elle explique tout en laissant de côté des détails dont je sais qu'il lui a parlé.

En fait, nous en avons déjà parlé. Je lui ai dit ce qu'il s'était passé, je ne suis seulement pas certain si j'avais été assez convaincant.

– Est-ce qu'il a dit autre chose sur Nina ? demandé-je, fatigué de tourner en rond autour du sujet que je voudrais aborder.

– Non, dit-elle en secouant la tête. Il pense que c'est toi le coupable, mais il n'en a pas reparlé.

Je lui fais un signe de tête.

La raison principale pour laquelle devenir ami avec Owen est particulièrement difficile pour moi n'est pas parce que j'ai couché avec sa copine il y a toutes ces années et qu'il est toujours en colère pour cela.

Non, Owen pense qu'elle est morte par ma faute. Il pense que je l'ai tuée. Qui voudrait être ami avec la personne qui a tué sa petite amie ?

– Est-ce que tu crois que je l'ai fait ? je demande en levant les yeux vers elle pour glaner une réponse de son langage corporel plus que par les mots qui vont sortir de sa bouche.

- Est-ce que je serais ici, si c'était le cas ? demande-t-elle.

– Je suppose que tu marques un point.

Je souris.

Elle est étendue à côté de moi et elle tire les couvertures au-dessus de son épaule.

— J'aimerais rester ici pour toujours, dit-elle, et ne jamais partir.

– Je ne suis pas certain d'avoir assez pour ça, dis-je. Cette suite coûte mille cinq cents la nuit.

– Alors, est-ce que nous allons voir Kristen et Becker ce soir ? me demande-t-elle en faisant un clin d'œil.

24

OLIVE

LORSQUE JE MENS...

Je ne pourrai pas déposer le chèque de Nicholas avant que les banques ouvrent lundi. J'aurais pu me précipiter hors de sa chambre d'hôtel et aller à la succursale à quelques coins de rue, mais je crois que ça aurait été un peu suspect.

Non, je peux attendre jusqu'à lundi. Le chèque est si gros que s'il passe, je serai certaine qu'il a de l'argent. Si ce n'est pas le cas, ça sera du moins suffisant pour durer jusqu'à la fin de l'année.

Ce pour quoi je devrais m'inquiéter, c'est à propos de ce qui va se passer dans à peu près cinq minutes. Oh, attendez, j'ai tort. Je n'ai même pas autant de temps.

– Salut ! C'est bon de vous revoir dit Kristen en me faisant la bise.

Nous nous rencontrons dans un bar d'un hôtel trois étoiles qu'ils nous ont recommandé. Il n'est pas bon marché, mais pas très cher non plus. Nous sommes des professionnels de la classe moyenne aisée, mais cela ne voulait pas dire que nous avions mille dollars à dépenser sur un traitement cinq-étoiles.

Kristen est habillé dans une robe rouge ajustée, des talons hauts noirs et un châle qu'elle utilise pour couvrir ou découvrir ses épaules en fonction de son humeur.

Elle parle rapidement et passionnément à propos de son nouveau projet sur lequel elle commence à travailler comme si nous étions de vieilles amies. Je ne retiens pas la plus grande partie, parce que d'une part j'écoute à moitié et de l'autre parce que je suis nerveuse à l'idée de ce qui va se passer ce soir.

Au lieu de laisser le siège à côté de moi à Kristen, c'est Becker qui le prend à la place, ce qui conduit à un arrangement fille-garçon à la place.

Après avoir fait deux tournées de verres, je commence à me détendre un peu. Je ne fais plus rebondir mon pied aussi souvent en l'appuyant contre les barreaux du tabouret de bar.

Ensuite, Becker démarre une histoire à propos d'un prêt commercial que le mec n'a pas pu conclure et renverse son verre.

– Oh, mon Dieu, est-ce que ça va ? demandé-je, me projetant presque de ma chaise pour attraper une serviette en papier.

– Oui, ça va.

Il rit.

Le sourire s'évanouit lorsque j'appuie contre son entrejambe pour éponger l'alcool. Je réalise ce que je fais seulement quand je le sens durcir.

Becker me sourit et se lèche les lèvres. Avant que je puisse m'en empêcher, je fais de même.

L'alcool m'était monté à la tête, mais je ne peux pas tout lui mettre sur le dos. Ce n'est pas une excuse.

Pour dire vrai, l'alcool me donne la permission de faire ce dont j'ai réellement envie. Je retire ma main de ma jambe pour la poser sur sa cuisse. Il me fait un autre sourire quand je la serre légèrement.

C'est seulement quand je parviens et décrocher mon regard du sien, je réalise que Nicholas et Kristen nous fixe.

– Je suis désolée, je murmure doucement.

– Oh, non, ne le soyez pas, dit-elle en enveloppant les épaules de Nicholas. Je me demandais si vous alliez être timide à nouveau.

Ses mots sortent comme de la mélasse et son accent est incroyablement sexy.

– Alors, je suis timide, j'admets.

Il ne sert à rien de prétendre que j'ai de l'expérience dans tout cela, mais j'espère que ma naïveté et mon innocence les mettront à l'aise avec moi.

– C'est bon, dit Kristen en entrouvrant les lèvres. Nicholas se penche plus près d'elle et l'embrasse sur la joue.

– Je ne le suis pas, lui murmure-t-il à l'oreille.

La conversation au bar se poursuit pendant l'entrée même si aucun de nous n'y met vraiment du cœur.

Lorsque nous parlons de notre travail, les autres nous

posent des questions mondaines dont personne ne désire réellement les réponses.

Alors que je m'occupe de mon troisième verre de vodka, j'ai le sentiment que nous attentons qu'il se passe quelque chose, mais personne ne veut démarrer le feu.

— Pourquoi ne finirions-nous pas nos verres à l'étage ? je suggère.

***

LA CHAMBRE D'HÔTEL EST BEAUCOUP PLUS GRANDE QUE CE À QUOI JE M'ATTENDAIS. Il s'agit d'une suite dotée d'une chambre et d'un séjour séparés. Elle est meublée dans un style moderne et contemporain du milieu du siècle et des tableaux neutres ornent les murs. Tout est dans des tons de gris, certains plus sombres que d'autres.

Becker et Kristen sont venus plus tôt, car son sac est posé sous une table de l'autre côté de la pièce. J'avais cherché ce sac, dont Nicholas m'avait dit qui ne la quittait jamais, quand nous étions au bar, espérant qu'il pourrait faire l'échange là-bas ou dans les toilettes si elle m'y avait rejoint, mais malheureusement, elle l'avait laissé ici.

Becker ouvre le minibar et nous propose une autre tournée. J'opte pour la bouteille contenant un seul verre de vin blanc et je m'assois sur le canapé, pas très loin des trois autres. Lorsqu'ils me tournent le dos, je jette un rapide coup d'œil à l'intérieur du sac.

La clé USB est attachée à l'ordinateur avec une sorte de lien en métal, la réplique exacte de celle que Nicholas m'a donnée. En fait, nous en avons tous les deux une. Nous avons également chacun une paire de pinces pour couper le lien de la clé originale pour la remplacer par la factice.

Faire l'échange est plus compliqué que seulement la glisser dans le sac, mais cela nous fera gagner du temps finalement. Qui sait combien de temps Kristen mettra avant de réutiliser la clé.

Si nous avons de la chance, elle ne la touchera pas avant lundi.

Dans un jour et demi, elle va l'emmener avec elle pour un brunch (ils ont une réservation dimanche dans un café français où ils servent des crêpes délicieuses).

Ensuite, ils feront une matinée et qui sait quoi d'autre avant de retourner à leur appartement.

Avant qu'elle découvre que la clé a été compromise, nous serons partis depuis longtemps.

Ensuite, elle aura été en contact avec tellement de personnes qu'elle ne soupçonne pas du tout.

— Lorsqu'elle va donner la mauvaise nouvelle à son boss, lui avait indiqué Nicholas dans l'après-midi, elle oubliera peut-être le couple sexy avec qui elle a passé son samedi soir par peur d'être cataloguée comme une personne qui fait ce genre de chose.

— Je déteste que ce soit quelque chose dont on ne peut pas parler, dis-je. Je déteste que l'on utilise ça comme une arme.

— Oui, moi aussi, mais ça fait partie du jeu, nous devons utiliser toutes les armes à notre disposition, dit Nicholas.

En remuant un des coussins d'un côté du canapé à l'autre quand Kristen et Becker se tournent vers moi, je repositionne l'ordinateur.

C'est une simple illusion, un des premiers trucs que l'on apprend aux jeunes en école de magie. Déplacer quelque chose de volumineux et de préférence large d'une main pour attirer l'attention du public d'un côté alors qu'on fait rapidement autre chose de l'autre.

Malheureusement, je n'ai pas assez de temps pour faire l'échange. Je vais avoir besoin que Nicholas détourne leur attention un peu plus.

— Oh, je vais vous faire de la place, dit Kristen en prenant son sac.

Merde.

Soupçonne-t-elle quelque chose ?

Mon cœur bat à tout rompre, mais je ne laisse pas une goutte de sueur perler sur mon front.

- Cela vous ennuie si je m'assois à côté de vous ? demande Becker en s'assoyant avant que je réponde.

25

OLIVE

LORSQUE JE FAIS UNE TENTATIVE...

J'ai du mal à savoir si mon cœur bat la chamade pour le travail ou à cause de ce que je suis sur le point de faire.

Qu'est-ce que *nous* sommes sur le point de faire ? Je jette un œil à Becker qui passe la main dans ses épais cheveux auburn pour dégager de son visage et se frotte le menton.

J'avais vu ce regard auparavant dans des bars où les hommes font des contacts visuels, mais avant qu'ils vous paient un verre.

C'est le regard d'une personne pour demander la permission

Est-ce que je peux vous parler ?

Est-ce que je peux vous offrir un verre ?

Dans le cas de Becker, il me demande s'il peut me toucher.

Est-ce que je peux vous baiser ?

Si c'était à un tout autre moment, en toute autre circonstance, et si nous étions seulement lui et moi, ma réponse serait oui.

Il est intelligent et il me fait rire.

Il a un sens de l'humour vif et une langue acérée, ce qui est suffisant pour me divertir

Il n'est pas désagréable à regarder.

Par contre avec sa femme qui nous regarde, je me sens intimidée.

Je me recroqueville dans mon siège et tout mon corps semble rentrer vers l'intérieur.

J'essaie de me forcer à me redresser, mais mes tripes refusent de coopérer.

– Je suis désolée, je ne me sens pas... En phase, dis-je finalement.

– Peut-être que vous avez besoin d'un autre verre ?
suggère Kristen.

– Je pense que j'en ai peut-être trop bu, plaisanté-je.

Je jette un œil vers Nicholas, je vois le regard
désapprobateur de Nicholas, son air maussade.

Je sais ce qu'il a envie de dire sans qu'il ait besoin
d'ouvrir la bouche.

Si tu n'es pas prête, pourquoi as-tu insisté pour
venir ? J'aurais pu le faire tout seul.

– Ça va, si vous ne voulez pas, dit Kristen avec un air
de déception sur le visage.

La nuit dernière, c'était notre premier rendez-vous,
nous pouvions pardonner à quelqu'un de ne pas
coucher avec quelqu'un le premier soir.

Par contre ce soir ? Non, c'est ma seule chance.

Je m'installe dans le canapé et je décroise les jambes.

Je prends une grande inspiration.

Je lance un long regard vers Kristen, puis vers Becker
et enfin sur Nicholas.

J'attends que l'un d'eux me rassure que je ne devrais

absolument sentir aucune pression, mais heureusement personne ne le fait.

Ils prennent une autre gorgée de leur verre et attendent.

– Et pour cela ? suggère Kristen. Si vous vous embrassiez... Pour nous... Tout de suite ?

Ses yeux s'illuminent à cette idée et les miens aussi.

Nicholas se penche plus près de moi et touche mes lèvres avec les siennes.

J'ouvre la bouche et nous bougeons nos têtes dans des directions opposées.

Ses mains agrippent l'arrière de mon cou et il me presse contre son entrejambe. Tout son corps est penché vers moi et je me sens à la fois excitée et en sécurité.

À cet instant, une autre part de moi prend le dessus.

La partie la moins cérébrale.

Celle qui n'écoute pas la raison et qui réagit aux émotions.

Je la contiens. Je la garde bien cachée à l'intérieur.

Chaque fois que je suis près de Nicholas, elle émerge. Je pensais que je pouvais être ainsi que lorsque nous sommes en privé, mais les émotions sont si puissantes qu'elles submergent mes sens.

Soudain, Kristen et Becker ne sont plus là.

Il n'y a que nous.

Nos mains, nos bouches, nos corps. Les mains de Nicholas sont sur mes seins et sa bouche sur mon épaule.

Mes lèvres embrassent son cou pendant que mes doigts s'enfouissent dans ses cheveux.

Lorsque j'entends son rire, je me retire brièvement et je vois que Kristen et Becker sont perdus dans les bras l'un de l'autre également.

Elle est assise sur lui, les jambes de chaque côté de son torse.

Il soulève son chemisier, il la penche en arrière un peu et il lui embrasse le ventre.

– Je voudrais la voir à quatre pattes, murmure Becker, pas vraiment à Nicholas, à Kristen ou moi, mais seulement dans notre direction.

Les yeux de Kristen scintillent de surprise.

Elle inspire, mais elle n'expire pas, attendant ma réponse.

Il n'y a rien à craindre. Ses mots ne me font pas peur. En fait, ils m'excitent. Voyant que cela me met dans de bonnes dispositions, Nicholas se lève et me fait de la place pour que je puisse me retourner.

Je me penche pour mettre mes mains sur le dossier du canapé et mes genoux sur les coussins.

Nicholas tire sur le rebord de ma robe pendant un moment avant de la soulever jusqu'à ma taille, exposant mes fesses nues.

Il n'a pas beaucoup de temps.

Avant de les rencontrer, nous avions convenu que nous allions devoir travailler rapidement. Celui qui était le plus près du sac serait la personne qui procèderait à l'échange.

Maintenant, avec lui debout au-dessus de moi, je suis heureuse que nous sachions qu'il n'y a pas moyen de communiquer par d'autres moyens que des grognements et des mots simples.

Penché au-dessus de moi, il caresse l'extérieur de mes fesses et je les détends.

L'air semble être chargé d'électricité et je jette un œil vers Kristen pour voir la tête de Becker enfoui entre ses jambes.

J'enfouis mes ongles dans les côtes de Nicholas. Lorsque nos regards se rencontrent, je lance un œil en direction de l'ordinateur portable. Il me fait un léger signe de tête pendant que je laisse échapper un profond soupir.

Je suis sur le point de me mettre sur le dos, mais il me retient, tendant la main dans la petite poche de ma robe pour en sortir mes pinces.

Elles sont plus près que les siennes qui sont maintenues par ses chaussettes et enfouies dans ses chaussures.

Les pinces disparaissent dans sa manche quand il me retourne sur le dos. Je me soulève alors que ma bouche recherche le contact de sa peau.

Pendant que mes lèvres descendent sur son torse vers son nombril, il coupe la cordelette métallique et glisse la clé dans sa poche.

Après quelques baisers démonstratifs, il me donne trois petites tapes avec son index sur ma clavicule.

C'est le signe que la clé factice est attachée à l'ordinateur portable. La mission est accomplie.

Il se glisse à nouveau sur moi pour appuyer ses lèvres contre les miennes. Nous pouvons nous retirer en toute sécurité. Nous pouvons maintenant trouver une excuse et partir sans danger.

Le soulagement qui me submerge est difficile à décrire. Des moments comme ceux-là sont toujours tendus et pleins d'incertitudes et il y a toujours une forte possibilité de se faire prendre. Pour le moment, nous l'avons fait.

Lorsqu'il me sent partir à la dérive, Nicholas me touche le visage.

Nos yeux se rencontrent et plus rien d'autre n'existe. Ils ne sont plus là. Il n'y a plus de travail. Il n'y a que nous.

Cela semble dangereux d'être avec lui, mais je ne peux rester loin longtemps. Je suis un papillon de nuit attiré par la flamme.

Un jour, je me brûlerai, mais ça va. J'accepte ce

destin pour tout ce que je pourrai vivre entre temps. C'est peut-être stupide et mal avisé, mais rien de tout cela n'a d'importance maintenant. Le toucher me fait frissonner. Je désire son corps dur et lisse et je veux qu'il me fasse de vilaines choses.

Sa peau a une forte odeur masculine qui m'enivre tout entière. Chaque fois que j'inspire, je tombe encore plus sous son charme et je ne veux jamais me réveiller. Nicholas embrasse l'espace entre ma clavicule et mon cou. J'enfouis mes mains dans sa chevelure et je tire un peu trop fort.

Il me lèche et je penche la tête en arrière de plaisir. Il fait ensuite courir sa langue le long de ma gorge, ramenant sa bouche sur la mienne.

Lorsque nos lèvres se rencontrent à nouveau, des décharges électriques me traversent. Sa langue bouge lentement, mais la mienne demande à aller plus vite. Sans sa veste, je tire sur sa cravate et je la passe par-dessus sa tête. Puis je déboutonne sa chemise.

Il veut prendre son temps, mais je ne veux pas attendre. Je me retourne sur le canapé et je presse mes fesses contre lui. Je ferme les yeux et j'attends avec impatience qu'il défasse son pantalon et qu'il se presse contre moi.

Il est dur et bien gonflé. Je lève les fesses plus haut pour l'inviter à venir plus profondément. Un moment plus tard, il met un préservatif et entre en moi.

Il me tient par les hanches pour avoir un appui alors qu'il entre et sort de moi. Je pose ma tête sur son avant-bras quand ma tête commence à bourdonner. Ses mains remontent le long de mon corps, vers ma poitrine, et il joue avec mes tétons.

Ma tête se penche en arrière de plaisir. Il enfouit ses mains dans mes cheveux, les tirant un peu avec chacun de ses mouvements. Cela donne des picotements à mon cuir chevelu qui me fait frissonner tout entière.

Nous faisons des va-et-vient comme si nous ne faisions qu'un jusqu'à ce que le feu naisse au creux de mes reins. Une fois allumé, il s'étend rapidement et m'irradie de sa chaleur entièrement. Je tends mes pieds et pointe mes orteils, essayant de tenir, mais j'explose en un fort gémissement.

26

OLIVE

LORSQU'IL NE VIENT PAS...

JE NE SAIS PAS CE QUI M'A PRIS. Rien n'était planifié. En fait, j'avais prévu tout le contraire.

Nous allions nous embrasser. Nous allions nous toucher. Peut-être nous déshabiller un peu.

Nous avions un mot de sécurité. Si je ne voulais pas aller plus loin alors je n'avais pas à le faire. Nous avions parlé de ce mot de sécurité, quelque chose que je pourrais dire si je ne voulais pas aller plus loin.

Par contre, des mots comme « divin » ou « merveilleux » pouvaient être mal interprétés pour sortir de ce que nous serions en train de faire. J'ai pris en considération d'autres mots. Un nom peut-être comme « collier » ou « grenade », mais ces mots serait difficile à insérer dans une conversation de manière transparente.

Non, si je voulais arrêter, je pourrais seulement faire cela : arrêter.

Ils savaient que je n'avais pas d'expérience dans ce genre de choses et les gens qui ont peu d'expérience ont tendance à être timides. Je pensais que ça m'arriverait. Je pensais que cette partie de moi que Nicholas semblait déverrouiller se refermerait.

Contre toute attente, une fois qu'il avait glissé la clé USB dans sa poche, je ne pouvais plus m'arrêter. Mes mains parcouraient son corps et tout ce que je pouvais faire c'était me laisser entraîner dans la course.

Je me suis rappelé que Kristen et Becker étaient là qu'une fois que tout était terminé. Je m'allonge sur le lit, tire les couvertures sur moi et je laisse échapper un gros soupir.

– Alors, c'était... Chaud, dit Kristen. Vous vous êtes vraiment perdus l'un dans l'autre.

J'acquiesce et je souris.

– C'était comment ? demande-t-elle.

– Je n'ai jamais fait un truc pareil avant, dis-je en haussant les épaules.

– Oh, je pense que tu l'as fait.

Becker rit.

– Vous savez ce que je veux dire.

- Comment te sens-tu ? demande Kristen.

Je regarde le plafond et j'y réfléchis.

C'est difficile à expliquer. Je ne veux pas être impolie, mais c'était comme s'ils n'étaient pas là du tout.

– C'était bien de savoir que vous étiez là tous les deux, je mens. Nous pourrons peut-être monter d'un cran la prochaine fois.

Les visages de Kristen et de Becker s'illuminent.

C'est ce qu'ils voulaient entendre depuis le début. Après avoir passé quelques minutes à parler de sport et de la météo, je dis que nous devons vraiment rentrer à la maison.

Nous élaborons des plans provisoires pour le week-end suivant avant de faire les embrassades pour nous dire au revoir.

— Ils ne vont pas se douter de quelque chose si on annule le prochain rendez-vous ? demandé-je quand nous sortons du hall.

— Nous ne sommes pas obligés d'annuler, dit-il en faisant un sourire en coin. Je lève les yeux au ciel.

— Mélanger le travail et le plaisir ce n'est pas bon.

— Oui, tu as raison, dit-il.

— Alors, que vas-tu leur dire pour le week-end prochain ?

— Becker va recevoir un appel de ma part jeudi pour lui dire que nous avons rompu. C'était trop pour toi. Tu es jalouse de tout le temps que j'ai passé à admirer Kristen et tu ne supportais pas que je regarde une autre femme.

Cela semblait être une excuse plausible, puis quelque chose me vient à l'esprit.

— Attends un instant, pourquoi dois-je être la personne qui doit être jalouse ? demandé-je. Pourquoi ça ne pourrait pas être toi ?

– Ça peut, dit-il négligemment. Un de nous doit passer l'appel et l'autre doit être jaloux. Que veux-tu faire ?

NICHOLAS VEUT QUE JE DORME CHEZ LUI, mais j'ai besoin de passer un peu de temps toute seule. Enfin, mais vraiment du temps toute seule, mais pas dans une chambre d'hôtel.

J'ai besoin de me reposer et puisqu'il ne peut pas rester chez moi pour des raisons évidentes liées à mon frère, je le laisse sur le trottoir avec un baiser et une promesse de lui envoyer un message demain.

Quand je passe la porte d'entrée, je m'attends à voir Owen sur le canapé prêt à me sermonner sur l'endroit où j'étais. Ce n'est pas le cas. Il était certainement sorti avec ses anciens amis et il avait perdu le fil du temps.

C'est samedi soir après tout. Je me fais un couler un bain, j'attrape ma tablette et mes bougies préférées. La baignoire n'est pas grand-chose, mais ça reste une baignoire et elle fait l'affaire.

J'ai un petit support pour ma tablette pour éviter qu'elle tombe accidentellement dans l'eau et je reste là jusqu'à ce que l'eau très chaude devienne tiède. Puis, je vais directement dans ma chambre, je ferme la porte et je m'endors après onze heures.

Le lendemain matin, Owen n'est toujours pas là. Je lui envoie quelques messages, tout d'abord pour lui dire bonjour, et quand il ne répond pas, je m'inquiète davantage. Les deux messages suivants ressemblent plus à des lettres de réclamation ou plutôt des menaces directes.

POURQUOI TU NE RÉPONDS PAS ?

Où es-tu, bordel ?

Réponds-moi maintenant !!

QUAND LE SOLEIL COMMENCE À SE COUCHER, je ne peux plus penser à quoi que ce soit d'autre. J'essaie de regarder la télévision. J'essaie de regarder Facebook et Instagram, mais rien ne retient mon attention. Tout me rappelle Owen.

Est-ce qu'il me punit pour être sorti ?

Est-ce qu'il m'ignore consciemment ?

Est-ce que quelque chose lui est arrivé ?

Nous n'avions jamais vécu ensemble en tant qu'adultes. Je ne sais pas vraiment si je dois attendre un message ou un appel de courtoisie de sa part ni quand j'aurai de ses nouvelles.

Je ne lui avais pas dit grand-chose de ce que je fais de mes journées. C'est peut-être son moyen de me récupérer.

Ce n'est peut-être pas du tout sinistre. Il a peut-être seulement oublié de rallumer la sonnerie. Il n'est pas habitué à toujours avoir son téléphone sur lui comme nous avons été conditionnés à le faire au cours des vingt dernières années.

Il l'a peut-être posé quelque part et l'a ensuite oublié.

Toutes ces pensées tournent dans ma tête jusqu'à ce que je me sente mal à l'aise. Peu importe à quel point j'essayais de me calmer avec des explications simples sur ce qui a pu se passer, les menaces de Janet Bailey me revenaient toujours en tête.

27

NICHOLAS

LORSQUE JE LE RENCONTRE...

Quand Olive avait insisté pour rencontrer Kristen et Becker à nouveau, j'ai eu des doutes. Je ne veux pas la pousser à faire quelque chose qu'elle ne veut pas faire, surtout sexuellement, mais je dois récupérer cette clé USB. J'aurais aimé savoir que Kristen avait laissé son sac dans sa chambre avant que nous montions, mais on m'avait dit qu'elle ne s'en séparait jamais et j'avais malheureusement pris cette information comme argent comptant.

Dès que j'arrive à l'étage, je commence à chercher une voie de sortie. La clé était attachée à l'ordinateur qui était caché dans le sac que Kristen avait déplacé quand elle avait vu Olive s'avancer petit à petit vers ce dernier. Quand j'avais détourné leur attention vers le bar, Olive avait réussi à replacer l'ordinateur pour qu'il soit bien orienté pour que la corde de métal soit facile à couper. Elle n'avait pas eu le temps de le faire par contre.

Au départ, je pensais que j'allais devoir travailler contre la montre. Jusqu'où Olive était prête à aller restait un mystère pour moi, alors mon seul but était de faire l'échange avant qu'elle demande de ralentir. Ce à quoi je ne m'attendais pas, c'est qu'elle aille jusqu'au bout.

Avec la clé dans la poche, mon instinct me disait de partir au plus vite. Une fois le travail fait, on ne devrait pas pousser notre chance en restant dans les alentours. Cette fois-ci n'était pas exactement comme les autres. Même si Kristen regardait dans son sac, tout ce qu'elle verrait c'est la clé attachée à l'ordinateur tout comme elle l'avait laissée. Elle ne consulterait pas son contenu maintenant. Pourquoi le ferait-elle ?

Quand j'ai essayé de croiser le regard d'Olive pour savoir ce qu'elle voulait faire, je n'ai pas réussi. Ses yeux étaient fermés et ses mains parcouraient mon corps.

Je ne mentirai pas. C'était bon. Assez bon pour tenter la chance.

D'accord, Olive, je me suis dit. Si tu veux que tout ceci s'arrête, la balle est dans ton camp. Je te suis, mais je ne prendrai pas les commandes.

Alors, c'est ainsi que les choses se sont passées. J'ai tiré sur ses vêtements et ils s'étaient enlevés. Elle avait tiré sur les miens et je les avais jetés. Lorsque la soirée arriva à sa fin, nous avions partagé quelque chose de très spécial et j'avais gagné deux cent mille dollars, assez pour couvrir le mauvais chèque que je lui avais fait.

— TU ES EN RETARD, dis-je quand il prend le siège à côté de moi.

Je le connais seulement sous le nom de Hawk, ce qui est aussi inapproprié en tant que surnom que cela puisse être.

Il est petit, potelé et avec un ventre montrant son penchant pour la bière.

Ses joues rougissement facilement, et pas seulement

par embarras, mais selon toute apparence pour aucune raison.

Je l'ai vu une seule fois auparavant. Il est l'intermédiaire du mec qui m'a embauché, l'homme dont je ne connais pas l'identité. Lorsque l'on exerce mon métier, des gens entendent parler de vous et vous contactent pour faire des boulots.

Ce serait dans mon intérêt d'éviter les intermédiaires à l'avenir, mais je ne compte pas rester à Boston longtemps. C'est un endroit dangereux ou des hommes dangereux veulent me tuer, les policiers veulent me mettre derrière les barreaux et le FBI veut que je marche sur la corde raide entre les deux.

Je n'ai pas de projets encore, mais peu importe ce que je ferai, je vais avoir besoin d'argent. Ces deux cent mille me permettront de m'installer quelque part où il fait chaud, où il y a du soleil et où il y a beaucoup de plages de sable.

- Je suis là, non ? demande Hawk en passant les doigts sur son crâne chauve comme s'il y avait des cheveux.

— Je n'attends pas, dis-je. Encore dix minutes et je serais parti.

Quelque chose entre la moquerie et un grognement s'échappe de ses lèvres.

- Alors, vous attendez, mais seulement dix minutes, c'est cela ? demande-t-il.

Hawk est trop sûr de lui et arrogant et je ne le dis pas comme un compliment. Il est du genre à vous faire attendre pour parce qu'il pense que votre temps a moins de valeur que le sien.

Ce n'est pas le cas. Il est seulement en voie de devenir un associé dans le syndicat du crime.

Il porte une chaîne en or et un costume dispendieux parce qu'il veut être remarqué. Être reconnu.
Être vu.

Je commets des crimes pour être invisible. Je veux être un fantôme. Le problème est que maintenant que je suis de retour à la maison, je n'ai pas particulièrement bien réussi à le rester.

– Si vous ne pouvez pas agir en professionnel, dis-je lentement et doucement pour lui montrer que je ne suis pas intimidé. Je ne travaillerai plus pour votre patron. Quand il va me demander pourquoi je travaille pour son concurrent, je lui dirai que c'est à cause de vous.

Il plisse les yeux de colère. Il retrousse les lèvres et prends une grande inspiration.

— Cela n'arrivera plus, concède-t-il enfin.

Ce ne sont pas tout à fait des excuses, mais il est du genre à penser que de s'excuser est une marque de faiblesse. Sa déclaration est du moins suffisante pour le moment.

- Est-ce que vous l'avez ? demande-t-il. Je lui fais un signe de tête. Où est-elle ?

— Pas loin, dis-je sans cligner des yeux. Où est l'argent ?

— Pas loin également.

Je prends une gorgée de mon café et je verse du sirop d'érable sur mes pancakes.

J'avais déjà joué à ce jeu auparavant.

Je suis presque sûr que c'est son cas aussi.

— Alors ? dit Hawk qui est le premier à briser le silence.

Lorsque la serveuse revient avec le menu et un pot de café, il dit non aux deux.

C'est sa prérogative, mais la nourriture dans ce petit resto est à tomber par terre.

— Alors quoi ? je demande en mordant le pancake le plus gonflé que je n'ai jamais eu. Elle goûte comme un nuage de sucre.

— Comment allons-nous procéder à... L'échange ? demande-t-il.

Il tape du bout des doigts sur le siège en vinyle. Je l'entends craquer mes jointures et il essuie ses paumes sur ses pantalons.

— Vous allez faire glisser ce sac que vous avez sur les genoux vers moi. Lorsque je serai certain que tout y est, je vous donnerai la clé, dis-je tout en prenant une autre bouchée de mon pancake.

Ne sachant pas trop quoi faire, il acquiesce et fait comme je lui ai demandé.

Il me tend le sac sous la table et je compte les liasses de cent dollars.

Lorsque je suis satisfait du compte, je laisse un billet de vingt dollars sur la table et je me lève.

— Hé, tu n'oublies pas quelque chose, dit Hawk en agrandissant les yeux effrayés. Je lui tends la main pour la serrer.

— Ce fut un plaisir de travailler avec vous, dis-je en posant la clé dans sa paume en la lui serrant.

Les lignes autour de ses yeux se détendent et il sourit.

— Je vous contacterai si j'ai d'autres boulots pour vous à l'avenir.

28

NICHOLAS

LORSQUE NOUS LE CHERCHONS...

Mon téléphone sonne dès que j'entre dans la voiture.

C'est Olive. Sa voix est affolée.

Dès qu'elle appelle, je vois le fil de messages qu'elle m'a envoyés pendant que je parlais avec Hawk.

– Qu'est-ce qu'il ne va pas ? demandé-je.

– Il est parti. Je ne le trouve nulle part. Il ne me rappelle pas. Ils l'ont pris, dit-elle.

Elle parle vite, commençant une phrase avant que la précédente ne soit terminée.

Ça me prend un moment pour réaliser qu'elle parle d'Owen.

— Il va certainement bien, Olive, dis-je pour la réconforter. Il est certainement allé voir une fille.

— Non, ce n'est pas le cas, insiste-t-elle. Il ne l'aurait pas fait sans me le dire. Ou m'avoir envoyé un message.

J'y réfléchis pendant un moment.

Je ne sais pas grand-chose d'Owen, alors elle a peut-être raison.

Puis quelque chose me vient à l'esprit.

— Est-ce qu'il sait comment envoyer un message ? demandé-je.

— Je lui ai montré comment utiliser son téléphone.

— Je sais, mais ce n'est pas exactement la même chose d'avoir un téléphone et en utiliser un tout le temps. Il l'a peut-être oublié quelque part ? Il ne s'attend peut-être pas non plus à te donner des nouvelles comme un enfant de dix ans.

Je regrette la dernière phrase avant même que les mots ne soient prononcés.

– Si tu ne veux pas m'aider, tu n'as pas à le faire, mais je pensais que tu serais au moins compatissant, rétorque-t-elle et elle raccroche.

Je la rappelle immédiatement et heureusement, elle décroche.

– Où es-tu ? demandé-je.

Je la récupère quelques minutes plus tard. Lorsque je me gare, je la vois faire les cent pas, les bras croisés contre sa poitrine et s'accrochant à elle-même.

Elle avait un regard absent et elle avait des rides sur le front que je n'avais jamais vu auparavant, des rides de soucis.

En montant dans la voiture, elle laisse échapper un gros soupir de soulagement puisque maintenant elle ne serait plus toute seule pour porter le fardeau.

– Je ne sais pas où il est. Il n'est pas rentré la nuit dernière, commence-t-elle à débiter dès qu'elle a bouclé sa ceinture de sécurité. J'ai pensé qu'il aurait pu aller voir cette femme qu'il a rencontrée en prison, mais elle ne répond pas à mes appels non plus. Il n'était pas à la maison ce matin et il n'a pas appelé de la journée. Cela ne lui ressemble pas. Je sais que c'est un adulte, mais il vit avec moi et il vient tout juste de sortir de prison et il n'a pas d'argent.

Elle laisse échapper un gros soupir, réalisant qu'elle n'avait pas pris de respiration depuis qu'elle avait commencé à fulminer.

Je ne suis pas complètement sûr de ce que je devrais faire. Si Owen s'amuse, la dernière chose qu'il veut, c'est que nous lui tombions dessus.

Ou peut-être qu'il fait ça parce qu'il est en colère contre elle. Il est peut-être en colère parce qu'elle passe du temps avec moi. Il veut peut-être seulement la faire payer pour aller contre sa volonté.

Si ça en tenait qu'à moi, je ne ferais rien.

Un mec qui a passé autant de temps en prison a besoin de repos et de pouvoir se détendre. Cela n'implique pas de passer douze heures par jour enfermé avec sa sœur.

- Tu ne penses pas que ce soit grave, non ? demande Olive.

Je hausse un peu les épaules. Elle se tourne vers moi et secoue la tête. Ses yeux sont remplis de déception, comme si je venais de rouler sur un chiot.

– D'accord, allons-y.

– Où ?

– Nous allons trouver Owen.

Son visage s'illumine immédiatement. C'est ce qu'elle voulait depuis le début.

Elle était venue vers moi pour du réconfort, ou pour que je lui dise qu'il allait certainement bien. Elle était venue vers moi pour une réponse, peu importe ce qu'elle soit.

Alors je lui en donne une. Ou du moins, faire de mon mieux pour en trouver une.

Nous retournons à son appartement, le dernier endroit où Owen avait été vu. Je ne suis pas certain de savoir si le fait que ses affaires soient toujours là est un bon ou un mauvais signe, mais je lui demande de m'aider à les inspecter pour voir si nous pouvons trouver quelque chose sur la personne qu'il a pu aller voir. La première personne sur ma liste est la professeure.

– Est-ce que tu connais son nom ? demandé-je en allant vers ses affaires près du canapé.

Elles étaient autrefois bien rangées dans deux sacs de marin, mais elles étaient maintenant dispersées sous le rebord de la fenêtre.

— Je ne crois pas que nous devrions toucher ses affaires, dit Olive.

— C'est la seule chose que nous avons pour avancer.

Elle hoche la tête et s'assoit à côté de moi pour examiner les papiers.

— Elle est venue pour travailler là-bas il y a un an ou deux, mais il ne m'a jamais donné son nom. Je crois qu'elle vit aussi à Boston.

— Alors, elle faisait la route jusqu'à la prison pour ce travail ? je demande.

Elle hausse les épaules.

— Elle travaillait dans quelques centres universitaires alors sa mobilité entre les classes n'était pas pratique. Par contre, son emploi du temps changeait tous les semestres. Je ne sais pas combien de temps elle a travaillé à la prison.

Pendant que je feuillette le cinquième cahier de notes de ses poèmes et de son journal, j'essaie de trouver des informations pertinentes sans trop m'immiscer dans sa vie privée, je vois un nom écrit sur le côté à la fin du dernier cahier.

Il y a un numéro et une adresse en dessous. L'adresse mail est celle du centre universitaire Roxbury.

Je prends mon téléphone et je vérifie. Elle est tout en bas de la liste de service des professeurs du département d'anglais : *Gabrielle Aston Moore, remplaçante.*

– C'est elle. C'est Gabby, dit-elle, pointant le nom à la dernière page du cahier.

29

NICHOLAS

LORSQUE NOUS LA TROUVONS...

Cela ne nous prend pas longtemps pour trouver son adresse et savoir qu'elle vivait à une vingtaine de minutes d'ici.

Au départ, Olive veut l'appeler et lui demander, mais j'insiste pour que nous y allions et, si c'est possible, voir par nous-mêmes si Owen est là-bas.

– Il se cache peut-être seulement pour que tu t'inquiètes, je lui explique. Elle n'est pas certaine, mais elle accepte quand même.

Lorsque nous arrivons à la porte de Gabby, Olive n'arrive pas à frapper à la porte, alors j'interviens. Une femme en pyjama tenant une part de pizza ouvre la porte. Ses cheveux, coupés courts au-dessus de ses oreilles, tombent continuellement dans ton visage.

— Je l'ai ! crie-t-elle en revenant dans le salon. Est-ce que je peux vous aider ?

La météo passe d'une fine bruine à une pluie torrentielle et nous nous collons pour nous cacher sous un porche inexistant pour être abrités sous l'auvent.

J'attends qu'Olive commence à parler, mais elle ne le fait pas.

— Voici Olive Kernes, son frère est Owen Kernes. Nous pensons que vous lui avez donné des cours en prison, dis-je.

Avant que je puisse lui demander à propos de ses allées et venues, elle ferme la porte d'entrée et vient sous la pluie ?

— Qu'est-ce que vous voulez ? demande-t-elle en jetant un regard en arrière pour s'assurer que personne ne nous entend.

— Mon frère a disparu. Nous ne l'avons pas vu depuis près de vingt-quatre heures, dit Olive. Je sais que vous avez... une relation.

– Nous n'en avons pas ! rétorque-t-elle.

Son pantalon claque dans le vent et elle serre son pyjama plus serré contre elle en croisant les bras.

– Je suis désolée. Je ne suis pas là pour porter des accusations... Je ne sais tout simplement pas où il est. J'ai cru qu'il pouvait être avec vous.

– Ce n'est pas le cas. Je ne l'ai pas vu depuis sa sortie.

Je ne peux pas dire si elle ment à ce propos ou si elle est seulement nerveuse à l'idée qu'une personne à l'intérieur découvre le sujet de notre conversation.

– Gabby, vous pouvez nous faire confiance. Nous ne parlerons à personne de votre relation, dis-je. Nous voulons tout simplement retrouver Owen.

– Notre relation ? Vous êtes folle ? dit-elle en retroussant les lèvres ? J'étais son professeur et il était mon élève. Rien de plus.

J'essaie de lire en elle, mais elle est comme un livre fermé.

– J'aimerais que vous partiez maintenant, dit-elle en ouvrant la porte pour retourner à l'intérieur.

– Hey, Gabby ! dit un homme qui passait devant

l'entrée. Qu'est-ce que tu fais ? Est-ce que tu vas bien ?

Il est devant nous avant qu'elle ait pu l'arrêter.

— Pourquoi parlez-vous dehors ? Oh, mon Dieu, tu es trempée !

L'homme a environ son âge, dans la trentaine, et il est aussi en survêtement.

— Ils étaient sur le point de partir, dit Gabby en suppliant des yeux pour que nous partions.

— Salut, je suis Mike, le mari de Gabby.

L'homme me tend la main.

Il est amical et a le comportement extraverti d'un professeur de sport au collège, tout le contraire de sa femme.

Alors que mon esprit va à toute allure pour décider si nous devrions lui donner nos vrais noms ou pas, Olive lui serre la main et se présente.

— Votre femme a enseigné à mon frère quand elle travaillait dans le système pénitentiaire. Il parlait toujours d'elle en bien... en tant que professeur. Elle a été une véritable inspiration.

DIS-MOI DE RESTER   261

– Oh, waouh, vraiment chérie ? C'est merveilleux.

– Bref, il est sorti en liberté conditionnelle depuis
peu, il habite avec moi... Et malheureusement, je
n'ai pas eu de ses nouvelles depuis hier soir. Cela
ne lui ressemble pas de disparaître ainsi. J'ai peur
que quelque chose de terrible lui soit arrivé. J'ai
trouvé l'adresse de madame Moore, Gabby, à
l'arrière d'un de ses cahiers de notes et je me suis
dit que j'allais passer pour voir si elle avait eu de ses
nouvelles.

Gabby serre la mâchoire et se force à faire un
hochement de tête compatissant alors qu'elle
aimerait pouvoir tordre le cou d'Olive.

– Comme je le disais, je n'ai pas eu de ses nouvelles
depuis un moment.

De retour dans la voiture, Olive me demande si je la
crois. J'y réfléchis un moment. Gabby n'était
définitivement pas heureuse de nous voir.

Elle ne voulait rien de plus que de nous voir partir et
c'est ce qui me fait penser que si elle avait su où était
Owen, elle nous l'aurait dit.

Je ne sais pas quelle est l'opinion d'Olive parce

qu'elle enfouit sa tête sans ses mains et commence à pleurer.

— D'accord, on dirait qu'elle dit la vérité.

Je décide enfin. Olive est désespérée. Elle ne sait plus quoi faire ou penser et quelqu'un le doit.

— Maintenant, essayons de penser où il aurait pu aller ou qui pourrait le savoir.

- Son agent de probation ? demande Olive.

Je secoue la tête pour dire non.

— Il est la dernière personne qui devrait être au courant de tout cela.

— Pourquoi ? demande-t-elle d'une voix douce.

— Je ne veux pas qu'il ait des ennuis. S'il fait quelque chose d'illégal ou s'il traine avec une personne avec qui il ne devrait pas, nous ne pouvons pas laisser son agent de probation le savoir. Cela le renverrait en prison.

Olive se met à trembler, en commençant par les épaules et ça se propage à tout son corps.

Je ne l'avais jamais vue inquiète. Je sais que cela fait

vingt-quatre heures, mais il est adulte. Il n'est pas un enfant. Les adultes ont le droit d'aller et venir comme ils l'entendent, surtout ceux qui ont été enfermés dans une petite pièce une grande partie de leur vie. Elle devait le savoir, non ?

Puis cela me frappe.

— Est-ce qu'il y a quelque chose que tu ne me dis pas ? demandé-je en me tournant vers elle. Elle secoue la tête pour dire non, mais elle mord et détourne le regard.

— Qu'est-ce qu'il y a ? demandé-je. Je ne peux pas aider si je ne sais pas tout, Olive. Qu'est-ce qui se passe ?

En regardant par la fenêtre passager, elle fixe le tronc massif d'un vieil arbre dont les racines avaient fait des fissures dans les dalles de ciments et qui les soulevaient dans les airs.

— Ils ont dit qu'ils le feraient seulement si tu ne leur donnais pas la clé, dit-elle finalement dans un gémissement. Cela n'a pas été si long. Pourquoi le feraient-ils si... rapidement ?

Mon sang me glace dans mes veines. Le bout de mes mains devient engourdi. De quoi parle-t-elle ?

- Tu leur as donné la clé, non ? demande-t-elle se retournant tout d'un bloc dans son siège pour me faire face. Je fronce les sourcils et j'ouvre la bouche pour parler. Rien ne sort.

— Je l'ai donné à mon client oui, je lui confirme.

Elle laisse échapper un soupir de soulagement, mais cela ne fait que resserrer ma poitrine davantage.

Elle ne devrait rien savoir du client et qu'est-ce que cela a à voir avec Owen ?

- Alors, pourquoi est-il parti ? demande-t-elle.

— Hawk n'a rien à voir avec Owen, dis-je me surprenant à dire son nom alors qu'il est trop tard.

— Hawk ? Olive lève les yeux vers moi en secouant la tête. Non, Janet Bailey. Ce n'est pas à elle que tu devais donner la clé USB ?

Maintenant, c'est à mon tour de retomber dans mon siège et je la fixe le regard vide.

— Je ne sais pas du tout qui c'est, dis-je dans un soupir. Qui est-elle ?

— Non, tu dois la connaître, insiste Olive. Ce n'est certainement pas son vrai nom. Elle travaille pour la même personne que ton partenaire et toi quand vous avez fait le boulot à Martha's Vineyard.

Des gouttes de sueurs froides coulent sur mes tempes. Comment peut-elle savoir ça ? Et pourquoi ?

— Janet est venue me voir, explique Olive en lisant dans mon esprit. Elle a dit que son patron était en colère que tu sois parti comme ça et que tu as une dette envers lui. Par contre, si je t'aidais à récupérer la clé USB, alors tu serais sur la bonne voie pour la rembourser.

Mes oreilles bourdonnent et je peux à peine entendre les mots qui sortent de sa bouche. Je me concentre sur ses lèvres et j'essaie de comprendre ce qu'elle dit.

— Elle a dit que je devais t'aider parce que si je ne le faisais pas, ils feraient quelque chose à Owen. Elle m'a dit qu'il y avait un contrat sur sa tête. Tu avais raison. Il a balancé un mec pas recommandable en prison et a donné des preuves au procureur. C'est pour ça qu'il est sorti plus tôt. Si tu leur donnais la clé, ils ne lui feront pas de mal.

J'essaie de me concentrer, mais ma vision est floue. Chaque seconde qui passe semble être dix minutes pendant que je me perds dans une sorte de transe, mon corps est toujours là, mais mon esprit est quelque part au loin.

— Est-ce que tu m'écoutes Nicholas ?

Olive m'attrape la cuisse.

Je concentre mon attention sur sa prise, sa main gauche sur ma cuisse droite, et j'arrive enfin à me reconcentrer.

Elle n'attend pas que je réponde avant de continuer à parler.

— Je ne sais pas pourquoi ils lui feraient du mal si tôt. Nous venons à peine de leur donner la clé. Non, cela ne peut pas être eux. Quelque chose a dû se passer. Tu as peut-être raison, il boit peut-être avec de vieux amis et je m'inquiète pour tout ça sans raison.

30

OLIVE

LORSQUE LES PIÈCES DU PUZZLE NE S'ASSEMBLENT PAS...

PARLER À NICHOLAS m'aide toujours à aller MIEUX. Il n'est pas du genre à s'interposer et à proposer des solutions.

Parfois quand tu as une mauvaise journée, la dernière chose que tu souhaites c'est une liste de choses à faire pour tout remettre en ordre.

Non, Nicholas n'est pas comme ça.

Il me donne exactement ce dont je ne sais pas avoir besoin.

Il écoute. Il hoche la tête, me serre dans ses bras et me dit que tout va bien se passer.

Alors que nous parlons dans la voiture garée devant la maison de Gabby, je ne suis toujours pas certaine qu'elle nous ait dit la vérité. Elle était un peu trop pressée de se débarrasser de nous, mais d'un autre côté, elle est mariée.

Je ne sais pas si Owen était au courant ou pas et il s'en moquait peut-être. La personne qui n'était pas du tout au courant était son mari sympathique et serviable et elle voulait faire tout ce qui était en son pouvoir pour que les choses restent ainsi.

Alors, qu'est-ce que cela signifie exactement ? Est-ce que cela la ferait mentir sur les allées et venues d'Owen ?

Plus j'y pense, moins j'en suis certaine.

Si elle savait où il était, cela lui aurait pris bien moins de temps de nous le révéler que de nous convaincre qu'elle ne l'avait pas vu depuis des mois.

Enfin, la vérité pouvait se trouver entre les deux. Elle l'avait vu.

Elle ne voulait pas nous le dire parce qu'elle ne voulait pas que son mari découvre son aventure.

Elle ne voulait pas parler de son infidélité à de

parfaits inconnus parce que cela ferait deux
personnes de plus à connaître son secret. Deux
personnes de plus qui pourraient révéler son secret à
son mari.

Je conviens que ces pensées sont un flot interminable
de conscience qui tourne en rond.

Nicholas écoute attentivement, hoche la tête
occasionnellement, mais il est de manière générale
absent, perdu dans ses propres pensées. Il fixe ma
main posée sur sa cuisse un long moment avant de
finalement croiser mon regard.

Il prend une grande inspiration avant de dire :

— Je n'ai pas donné la clé USB à Janet Bailey.

Il choisit chacun de ses mots avec précaution.

Mon front se tend alors que je me penche vers lui
pour m'assurer que je l'ai bien entendu.

— Je ne sais pas qui elle est, mais Hawk ne travaille
pas pour mon ancien patron.

— Qui est Hawk ? murmuré-je me rendant
soudainement compte que ma bouche est sèche.

— Un client, dit-il. Il m'a payé deux cent mille dollars pour faire ce travail et c'est ce que j'ai fait.

Un de ses cils est replié sous les autres. Il frotte ses yeux, mais il ne se redresse pas.

— Olive, est-ce que tu m'as entendu ?

Lorsqu'il pose sa paume sur le dos de ma main, une décharge électrique me traverse et me sort de ma transe.

— Non, non, non, dis-je. Ils doivent travailler pour la même personne. Tu le ne sais pas, c'est tout.

Cela me rappelle quand j'avais dix ans et que j'assemblais un de ses puzzles contenant mille pièces que j'avais pris au magasin d'occasions. Contrairement aux autres, il n'y a aucune pièce manquante et je suis excitée à l'idée que je vais pouvoir complètement le terminer.

Ensuite, quelque chose d'autre était arrivé. Les pièces ne s'assemblaient pas.

Je les faisais tourner et je les essayais dans tous les sens, mais elle n'entrait pas.

Ce n'est qu'après avoir examiné la pièce de plus près que j'avais remarqué que la pièce provenait du ciel de New York et pas celui de San Francisco.

– Olive, ce travail n'a rien à voir avec un remboursement de dette pour le collier de Harry Winston. Je n'avais pas de dettes. Notre soi-disant patron parlait avec le FBI et enregistrait tous les boulots pour nous livrer. Il est parti maintenant. Il a intégré le service de protection des témoins avec une nouvelle identité et il vivait dans une banlieue de Tucson, Portland ou Orlando. Je n'ai aucune idée de l'endroit où il se trouve, mais il est hors service.

J'écoute et je hoche la tête, mais je n'enregistre rien. Du moins, pas de la manière dont je le devrais. J'étais certaine que la clé USB était destinée pour le même client et il ne m'est pas venu à l'idée de lui demander. Maintenant, que va-t-il se passer ?

Mon nez commence à picoter et de grosses larmes commencent à couler sur mes joues. Elles brûlent mes yeux et je n'arrive pas à les essuyer assez vite avant que d'autres les suivent. Nicholas me prend dans ses bras.

– Qu'est-ce que ça veut dire ? Que s'est-il passé ?
bredouillé-je à travers mes sanglots.

– Peu importe qui est venu te voir, cette Janet Bailey,
elle veut la clé, mais nous ne l'avons plus, dit
Nicholas.

Je veux qu'il enrobe les choses. Je veux qu'il me
raconte des mensonges. Il ne le fait pas et cela rend
les choses encore pires.

– Alors, ils l'ont pris ? C'est pour ça qu'il a disparu,
c'est ça ? dis-je en secouant la tête et tout mon corps
se met à trembler.

– Pas nécessairement, dit Nicholas.

Une lueur d'espoir, peut-être ?

– Qu'est-ce que tu veux dire ?

– Je ne suis pas sûr de ce qui lui est arrivé.
Premièrement, il peut être quelque part dehors. Il
n'est pas habitué à trainer son téléphone partout ou y
répondre ou il l'a peut-être seulement oublié quelque
part, suggère Nicholas.

J'essuie mon visage et je sèche ensuite mes mains sur
mon pantalon. J'attends d'entendre la suite.

— Deuxièmement, quelque chose lui est peut-être arrivé, mais sans que ça ait un rapport avec la clé USB. Tu as dit que Janet a mentionné que des gens veulent le tuer ?

J'acquiesce.

— Selon toute apparence, son patron a mis un contrat sur sa tête. Quiconque le tuera et le prouve gagnera cent mille dollars.

Nicholas joue avec la couture du volant du bout de son index.

— C'est un assez gros contrat, dit-il au bout d'un moment. Je ne veux pas te mentir Olive, mais peu importe ce qu'il a fait, qui il a pu livrer, ça les a mis dans une colère noire.

Je plonge mes ongles dans la partie molle de ma paume jusqu'à ce que je ressente la douleur.

— Pour autant que ce soit une mauvaise nouvelle, cela n'a peut-être rien à voir avec la clé USB. Je ne sais pas si Janet Bailey et ses sbires sont responsables puisque tout s'est passé si... rapidement. Ils ont attendu longtemps pour être remboursés, pourquoi ne pas attendre un peu plus pour avoir la clé USB ?

Mes larmes ont séché et mes pensées sont plus concentrées et rien ne me donne la réponse que je souhaite. Puis quelque chose me frappe.

– Qu'est-ce qu'il y a sur cette clé ? demandé-je.

31

NICHOLAS

LORSQUE NOUS NOUS RÉUNISSONS...

JE NE SAIS PAS CE QU'IL Y A SUR LA CLÉ ET JE METS UN POINT D'HONNEUR À NE PAS CONNAÎTRE CES CHOSES. Je suis l'homme de main par excellence. Je suis un coursier. Je suis un travailleur des postes.

Ce n'est pas mon travail de savoir ce qu'il y a dans les colis que je livre, en fait, ce serait plus difficile de faire mon travail si je le savais. Lorsque je dis cela à Olive, elle ne semble pas me croire. J'essaie de la convaincre, mais je ne suis pas particulièrement efficace.

Le fait est que je ne peux pas savoir ce qu'il y a dans le paquet, pas si je veux avoir d'autres boulots. Si j'apprenais que quelque chose que je transporte et livre vaut un million de dollars et qu'ils me paient seulement deux cent mille dollars, alors je serais tenté de les doubler. Bien sûr, ça vaut plus que ce qu'ils me paient pour l'obtenir.

Sinon, ils ne feraient aucun profit dessus et tout le monde dans ce type d'affaires doit être payé.

Nous ne le faisons pas par plaisir (du moins pas ceux qui sont sains d'esprit). Nous le faisons pour l'argent.

Le travail n'est pas sans avantages. Il n'y a pas d'horaires et pas de bureau. Il y a un patron ou du moins un client que l'on veut satisfaire pour avoir plus de travail à l'avenir.

Il n'y a pas si longtemps, je pensais que le collier de Harry Winston serait ma dernière affaire. Que ce serait mon ticket de sortie, mais les choses ne se sont pas passées ainsi.

C'est pourquoi j'en suis là, essayant de refaire mes économies.

Si je veux garder Olive heureuse et lui payer l'argent que je lui ai promis, je vais devoir faire plus de boulots comme celui-là au cours de l'année qui vient.

. . .

RETROUVER OWEN NE FAISAIT PAS
PARTICULIÈREMENT PARTIE DE MES PROJETS, mais
Olive a besoin d'une réponse et je connais quelqu'un
qui pourrait en avoir une.

Pourquoi ne suis-je pas là avec toi ? Elle m'envoie des
messages et mon téléphone sonne.

Je le mets en mode vibreur.

Nous avons déjà eu cette conversation. Je vais
rencontrer un contact qui pourrait savoir quelque
chose. Je lui ai parlé de lui quand je la réconfortais,
mais maintenant dans cette ruelle, en regardant mon
souffle s'élever dans un nuage, je regrette
complètement cette confession.

Elle ne peut être là, parce qu'elle ne peut pas savoir
que je parle avec le FBI. Elle pense que je rencontre
une vieille connaissance qui connaît les rumeurs des
rues. Ce qu'elle ne sait pas, ce que personne ne saura
jamais, c'est que j'ai beaucoup d'ennuis avec le
gouvernement fédéral.

Ils ont tout un dossier sur moi et ils l'utilisent pour
obtenir des informations. Lorsque les puits seront à
sec ou quand j'arrêterai de coopérer et de faire des
recherches indépendantes pour eux (en fait, quand

j'arrêterai de faire leur travail à leur place), ils vont m'accuser.

Je ne connais pas l'ampleur des accusations qui seront portées contre moi. Est-ce que ce sera que pour mes crimes antérieur que je comparerai devant le jury ? Ou m'accuseront-ils aussi pour les choses que j'ai faites pour avoir leurs précieuses informations ?

- Qu'est-ce que tu as pour moi ? demande Art Hedison en marchand vers moi. Il est habillé dans un beau costume et de belles chaussures, il faisait quelque chose qui sortait de ses aptitudes en tant qu'agent du FBI.

– Où vas-tu ? Ou d'où viens-tu ?

Je demande en essayant d'être amical. Ça n'avait pas toujours été mon approche, mais je me suis dit que j'allais essayer cette fois-ci puisque j'ai besoin qu'il me rende service.

– Les fiançailles de ma sœur. Pourquoi nous rencontrons-nous ? Qu'est-ce qui est si important ?

Il n'a pas le temps pour ça. Ce qui peut être une

bonne chose. Je pourrais peut-être avoir une réponse rapide et un revoir.

– Owen Kernes a... disparu.

Art me fixe, puis il laisse échapper un grand rire qui venait du cœur.

– Tu ne me crois pas ? demandé-je. Alors, tu sais où il est ?

Son rire subsiste un peu puis les coins de sa bouche commencent à descendre.

- Qu'est-ce qui se passe, Crawford ? demande-t-il.

Au moins, il ne m'a pas appelé Nicky à nouveau.

– Tu étais supposé devenir ami avec lui et qu'il te parle. Qu'est-ce que tu as fait à la place ?

– C'est ce que j'ai essayé de faire, j'insiste. J'ai été amical. J'ai été gentil, mais c'est assez difficile de se faire apprécier d'un homme qui pense que tu as tué sa petite amie.

Art traine les pieds tout en se mettant une cigarette aux lèvres.

– Ce n'est pas à ce propos. Olive me dit qu'elle ne l'a

pas vu depuis samedi. Elle ne sait pas où il est et elle s'inquiète. Je suis sûr que tu sais qu'il y a un contrat sur sa tête.

- Qui ? demande Art, ne révélant rien.

– Je ne sais pas qui. Je sais seulement qu'il y en a un. Cent mille dollars à payer à quiconque le tue et qui en montre la preuve. Il y a quelqu'un qui est très en colère de ce qu'il a fait en prison pour en sortir.

Cela prend quelques minutes à Art pour assimiler toutes les informations. Je m'appuie contre le mur pendant qu'il réfléchit à tout ça.

– Alors, ce que tu me dis c'est qu'il est mort ? Et que tu n'as plus de travail à faire ? demande-t-il en tirant sur sa cigarette et en me soufflant dans mon visage.

– Non, ce que je te dis c'est que j'essaie d'aider Olive à le chercher, mais il n'y a pas grand-chose que je puisse faire. Peut-être parler aux policiers ? Trouver quelque chose ?

– Écoute-moi, connard, dit Art en pointant son doigt dans mon visage. Je ne suis pas là pour te rendre service ou pour te rendre la vie plus facile. C'est ce que tu fais pour moi. Alors, c'est ce que tu vas faire.

Trouve-le et entre dans ses petits papiers. Sinon, tu ne seras plus dans les miens.

Je résiste à la tentation de lever les yeux au ciel et je me demande pourquoi je pensais que cela pouvait être une bonne idée. Puis, je me souviens.

Je devais voir son visage quand je lui dirais qu'Owen avait disparu.

Art n'a pas un visage impassible et je suis maintenant certain qu'il n'a aucune idée de l'endroit où se trouve Owen.

32

OLIVE

LORSQUE JE PENSE À D'AUTRES POSSIBILITÉS...

Nicholas ne me demande pas de ses nouvelles et la revoir est la dernière chose que j'ai envie de faire, mais je dois m'assurer qu'il n'est pas là. Lorsque nous rentrons à mon appartement, je nous verse une dose généreuse de whisky et je descends le mien dans la seconde qui suit.

La pensée de devoir faire cela me donne envie de boire toute la bouteille, mais je ne me souviendrais plus de rien et ce n'est jamais bon lors d'une investigation. Nicholas sirote son verre en me regardant prendre un second remontant.

- Tu projettes de t'enivrer ce soir ? demande-t-il.

Je lève un sourcil de désapprobation et il agite rapidement la main pour admettre sa défaite.

— Je ne dis pas que tu ne peux pas, je voulais seulement... Savoir quels sont tes projets.

— Je n'en ai pas, lui dis-je en mentant. Je veux seulement prendre quelques verres pour ne plus penser à lui.

Nous restons assis en silence, écoutant le silence de l'appartement. Cet endroit est neuf, alors nous n'entendons aucun son de craquement comme dans tous les endroits où j'ai grandi.

Ce n'est pas par hasard qu'il y a environ un million de films d'horreur différents qui ont lieu en Nouvelle-Angleterre et que quatre-vingt-dix pour cent d'entre eux impliquent des fantômes. Je n'ai aucun être surnaturel qui me hante, mais cela ne veut pas dire que je ne suis pas hantée.

— Il y a une personne de plus que nous devrions probablement aller voir si nous voulons mettre tous les points sur les i et toutes les barres sur les t, dis-je rejetant la fin de mon second verre.

Nicholas s'adosse sur le canapé et pose un pied sur

son genou.

— Et qui est-ce ? demande-t-il quand il voit que je n'en dis pas plus.

— Ma mère, dit-elle après une longue pause.

- Quand veux-tu y aller ? demande-t-il aussitôt.

Je secoue la tête pour dire non.

— Pas ce soir. Il est tard et ça faisait longtemps que je n'avais pas eu une aussi mauvaise journée.

Je joue avec une fleur du châle qui enveloppe le canapé. Elle est de la couleur du soleil couchant et je me sens toujours bien quand je le regarde, surtout lors de ces courtes journées sombres d'hiver.

Ce soir, par contre, il ne fait pas son travail.

— Tu penses qu'il est allé voir sa mère ? demande Nicholas

— Oui... Non... Je ne sais pas. Peut-être. Il ne devrait pas. Je lui ai dit ce qu'elle m'a fait, mais tu sais comment les hommes sont avec leur maman.

Nicholas expire lentement, les narines frémissantes.

— Je sais comment sont les gens, dit-il finalement.

Nous avons beaucoup parlé de sa relation avec sa mère, mais ce n'est pas le bon moment.

Je me sers un autre verre, cette fois de vin, et je lui en offre un. Il veut continuer avec le whisky.

Une demi-heure plus tard, il est sonné et moi je suis complètement ivre.

— Tu sais, je voulais boire avec toi parce que je pensais que tu me remonterais le moral, j'admets.

— Est-ce que c'est le cas ?

Je secoue la tête pour dire non.

— Maintenant, j'ai seulement envie de pleurer.

Je pose ma tête sur son épaule et il me relève le menton vers son visage.

— L'alcool te fait toujours pleurer, même s'il te fait rire au départ, dit-il en posant ses douces lèvres sur les miennes.

Je penche la tête plus en arrière et j'ouvre la bouche. Nos langues se touchent et une petite décharge électrique me traverse.

Il tire mon chemisier, exposant mes seins. Il en prend

un dans sa bouche, et l'autre dans sa main. Sa langue semble douce et ferme sur mon téton et j'arque mon corps avec chaque baiser.

Il passe de l'un à l'autre pour s'assurer qu'aucun n'est négligé et une sensation de chaleur s'élance en prenant naissance au creux de mes reins.

Après m'avoir libéré de mon haut et de mon soutien-gorge, il commence à faire courir sa langue et sa bouche sur mon corps. Il commence à la naissance de mon cou et descend doucement vers mon nombril puis vers mon bassin.

Ensuite, il tire sur le haut de ma culotte pour la descendre lentement avant de la retirer en jouant avec moi.

Je plonge les mains dans ses cheveux. Ils sont doux, d'épaisses mèches glissent sous mes doigts ce qui les rend difficiles à attraper.

Ses doigts touchent l'intérieur de mes cuisses et mes jambes s'écartent immédiatement.

Chacune des parties de mon corps est si excitée que je me sens rougir et humide en même temps. Mes seins semblent lourds et sensibles tout comme d'autres parties de mon corps.

Ses doigts se glissent en moi, m'excitant et jouant avec moi. Lorsqu'il se penche en avant pour m'embrasser, je glisse ma main le long de son corps et je suis surprise qu'il ait déjà enlevé tous ses vêtements.

J'enveloppe son gros sexe tendu de ma main et je l'entends gémir à mon oreille.

Nous nous laissons porter par nos mains et l'énergie qu'elles créent, tout en pressant nos lèvres l'une contre l'autre dans des baisers sur le côté.

Lentement, je me mets sur le côté, levant légèrement les jambes dans les airs tout en gardant ma main fermement autour de lui. Pendant un moment, il se retire et j'entends le claquement du plastique quelque part derrière moi avant qu'il se glisse en moi.

Alors que ses mouvements s'accélèrent, l'urgence et la chaleur qu'il a générée entre mes jambes me font basculer. Je crie son nom alors que j'essaie de reprendre mon souffle pendant que des vagues de plaisir parcourent mon corps.

33

OLIVE

LE PORCHE DE L'IMMEUBLE DE MA MÈRE EST FAIT DE BOIS POURRI. Je trébuche sur un de ces panneaux et je tombe presque face contre terre, je me rattrape avec les mains et je me fais une grosse entaille à travers de la paume.

Parfait, je me dis. Quelle merveilleuse façon de commencer la journée.

Nous sommes un peu après midi et j'espère que ce sera le bon moment pour la voir. Elle n'est pas vraiment matinale et elle va souvent se saouler tard le soir, alors qu'elle dorme jusqu'à onze heures n'était pas inhabituel.

Ce que j'espère c'est qu'elle n'a pas commencé à boire aujourd'hui.

L'odeur dans le couloir donne l'impression que quelqu'un y a uriné, parce que c'est certainement le cas, et nous devons frapper fortement trois fois, à la manière du département de police qui vient pour une arrestation, pour qu'elle ouvre la porte.

- Mais qu'est-ce que tu fous ici ? me demande ma mère.

Être debout devant elle qui est vêtue de son peignoir élimé, ses cheveux sales et de gros cernes sous les yeux, je ne peux pas m'empêcher de me demander la même chose.

— Je cherche Owen, dis-je en croisant mes bras. Est-ce que tu l'as vu ?

- Salut, qui est ton ami ici ? demande-t-elle en tendant la main.

Elle semble si amicale que je pense qu'elle a dû déjà prendre un verre, voire quatre. Ils se serrent la main et elle sourit quand il l'appelle Mme Kernes.

— Tu peux l'appeler simplement... Je commence à dire.

— Mme Kernes c'est très bien, me coupe-t-elle. Il commence à être temps que j'aie un peu de respect, ici. Voulez-vous entrer, M. Crawford ?

Nicholas me lance un sourire pour me dire que tout va bien et il la suit à l'intérieur.

— Olive, tu viens ? crie-t-elle dans ma direction et je les suis à contrecœur à l'intérieur.

L'appartement sent la cigarette froide et il est couvert de poussière et de poubelles. Elle n'a jamais été du genre à ranger, mais je ne me rappelle pas que ça ait été à ce point.

Je venais toujours nettoyer quand je passais, que ce soit pour faire la vaisselle ou pour passer la serpillère.

Maintenant, la saleté et les débris s'accumulent avec les boîtes de livraisons, le linge sale et les sacs de courses.

Ma mère ne semble pas gênée du tout. Il y a des personnes qui s'excuseraient pour le désordre dans un appartement propre, mais ma mère de s'embête pas à en offrir pour cet état.

D'un côté, nous venons tout juste de débarquer sans être annoncés et sans même avoir téléphoné d'abord.

– Alors... Comment va Owen ? demande-t-elle. J'ai appris qu'il est sorti.

– Tu ne l'as pas vu ?

– Non. J'aurais aimé qu'il passe me voir. Ça fait combien de temps ? Environ dix ans depuis que nous nous sommes vus à l'extérieur ? Elle allume une cigarette et elle souffle la fumée.

- Est-ce que vous lui avez rendu visite en prison ? demande Nicholas.

– À quelques reprises, mais ce n'est pas facile de me déplacer, vous savez. Je suis certaine qu'Olive vous en a parlé.

– La raison pour laquelle je suis ici, Maman, c'est... Il n'est pas rentré depuis deux nuits à la maison. Je m'inquiète pour lui.

C'est difficile de m'exposer ainsi devant ma mère. J'aurais aimé avoir avec elle le type de relation où nous pourrions parler de tout, mais ce n'est pas le cas.

Même avant qu'elle commette ces actes horrible, j'avais toujours caché mon jeu. Elle ne m'avait jamais donné l'impression d'être assez en sécurité pour lui révéler réellement ce que je traversais.

- Comment va-t-il ? me demande ma mère en s'enfouissant dans le fauteuil inclinable devant la télévision.

Elle ne nous invite pas à nous assoir et je veux partir. J'essaie de capter l'attention de Nicholas, mais il ne montre pas de signes qu'il m'a vu.

– Il va bien ? Il allait bien quand il restait avec moi. Maintenant... Je n'en suis pas certaine.

– Tu connais les hommes. Il a dû avoir besoin de sortir et de se payer du bon temps. Il n'a pas couché avec une fille depuis dix ans.

– D'accord, allons-y, Nicholas, dis-je en tournant les talons.

- Vous partez déjà ? me crie-t-elle.

– Oui. Si tu ne l'as pas vu, je n'ai rien de plus à te dire.

J'ouvre la porte et je fais signe à Nicholas.

– Oh, allez Olive, ne soit pas comme ça. Pourquoi ne reprendrions-nous pas à zéro ? Oh, êtes-*vous* ce bel homme mystérieux qui lui a écrit cette lettre et qui l'a fait venir à Hawaï ? demande-t-elle à Nicholas.

Je n'entends pas sa réponse.

Je suis trop frappée de stupeur par la personne qui se tient devant moi en bas de l'escalier.

– Owen ? je murmure ma voix est à peine audible.

Quelque chose me chatouille au fond de la gorge et je tousse.

Une averse nous tombe soudain dessus. C'était seulement un crachin avant, mais maintenant elle est assez forte pour que l'arbuste près de la balustrade tremble sous le poids de chaque goutte.

Owen se précipite à côté de moi sans dire un mot vers la porte de notre mère. Je n'arrive pas à bouger. C'est comme si mes pieds étaient rivés au sol par une force invisible.

– Allez, viens, il pleut à verse ! crie-t-il de l'embrasure de la porte.

– Où étais-tu ?crié-je pour m'entendre parler à travers la tempête.

Il ne me répond pas et disparaît derrière la porte. Je le suis à l'intérieur.

Dès que je le vois mettre le sac de plat à emporter de ma mère sur la table, je sais que ma mère mentait. Bien sûr, me dis-je.

Pourquoi ne le ferait-elle pas ? Elle avait toujours été fourbe, pourquoi est-ce que je pensais qu'elle avait changé ?

Je suis tentée de seulement tourner les talons et partir, mais je veux aussi des réponses.

– Je t'ai cherché partout, dis-je alors que de l'eau glisse de mes vêtements pour tomber sur le paillasson. Pourquoi tu ne m'as pas appelée ? Pourquoi ne m'as-tu pas dit que tu étais ici ?

Il se tourne vers notre mère et dit :

– Maman est-ce que tu veux lui expliquer ?

Maman sourit de son air rusé et hausse les épaules de manière exagérée.

- Je suis désolé, d'accord ? dit-elle à Owen. Tu vois, ce qui s'est passé c'est que je lui ai emprunté son téléphone quand il est sorti pour se prendre des cigarettes et je l'ai cassé.

Je lève les yeux au ciel.

— Tiens, si tu ne me crois pas.

Owen me le tend.

S'il était tombé, l'écran serait fissuré. Là, il était en miette.

Il ne s'allume même pas. On aurait dit qu'il avait été lancé contre un mur ou écrasé avec quelque chose de lourd. Peu importe ce qui lui est arrivé, on l'avait fait en connaissance de cause.

— Je ne connaissais pas ton numéro, dit Owen en ouvrant les boîtes de nourriture indienne et en les mettant sur le comptoir.

Il y avait quelque chose de différent chez lui. Il est là sans l'être. Comme s'il était absent.

— Elle a mon numéro, j'indique.

— Oui, mais tu as dit que tu ne voulais plus entendre parler de moi, précise-t-elle en faisant des gestes avec sa cigarette.

Ça ne veut pas dire que tu ne pouvais pas le lui donner, j'ai envie de lui dire, mais je concentre mon attention sur Owen.

– Tu aurais pu tout simplement rentrer et me le dire.

Il hausse les épaules et me fait un sourire insipide.
Ses yeux fuient mon regard et pas seulement parce
qu'il se sent coupable. Il se passe quelque chose.

34

OLIVE

LORSQUE NOUS ALLONS SOUS LE PORCHE…

OWEN NE DIT PLUS RIEN PENDANT UN MOMENT. Je le regarde arranger toutes les boîtes en mode buffet. Une fois qu'il a terminé, il marche vers moi et met un bras autour de mes épaules.

– Olive, je suis désolé, dit-il en articulant mal ses mots. Honnêtement, je sais que tu ne voulais pas que je voie maman, mais je le devais. Elle est ma mère, tu sais. Elle me manquait. Je ne l'ai pas vue depuis longtemps.

– Je n'aurais rien dit pour ça. J'étais inquiète. Tu aurais dû me le dire.

– Hé, tu n'étais pas si inquiète, dit-il en me faisant signe devant le visage.

Ses mots sont lents, mais pas délibérés. Il semble bizarrement détendu en la présence de Nicholas.

— En plus, tu l'as lui. Tu as fait ton choix.

Je m'éloigne de lui.

— De quoi tu parles ? Fais mon choix ? Nicholas est mon petit ami et toi mon frère. J'ai de la place pour vous deux dans ma vie.

— No, non, nada, dit Owen. Tu as tout faux. Tu n'as pas de place pour nous deux. Il a tué ma petite amie et je ne peux pas être près d'une personne comme ça. Et toi... Tu as été très claire la dernière fois que nous avons parlé que tu le croyais, lui.

— Je n'ai rien dit de tel. Tu as porté des accusations sur lui et tu n'es même pas sûr qu'elles soient vraies.

— Je le sais, Olive ! Owen élève la voix. Je sais ce qu'il a fait et ce qu'il n'a pas fait ! Et si tu le crois plus que moi, alors je t'*emmerde* !

— Est-ce que c'est pour ça que tu es ici ? Est-ce que c'est pour ça que tu m'as fait te chercher à travers toute la ville ? J'étais à ça, dis-je en rapprochant mon pouce de mon index en laissant très peu de place entre les deux, d'aller voir ton agent de probation.

- Tu allais faire quoi ? crie Owen qui venait du fond de ses entrailles et en était sorti comme un rugissement. Ne t'avise *jamais* d'aller lui parler ! C'est une affaire personnelle, Olive. Ça ne te regarde pas.

– Il y a des gens qui veulent ta peau, pauvre connard ! Je ne sais pas sur qui tu as cafté en prison, ils sont bien rencardés et tu as une épée de Damoclès sur la tête. Alors quand tu n'es pas revenu, et que je ne t'ai pas vu depuis deux jours, j'ai cru que tu étais mort.

Les sanglots qui commençaient à se rassembler à l'arrière de ma gorge se transforment en larmes qui coulent sur mes joues quand j'ai prononcé la dernière partie. Elles sont un mélange de déception, de colère et de désillusion.

- Je le sais, tu ne crois pas que je le savais ? demande-t-il.

– Non, je ne le sais pas. Sinon, je ne pense pas que tu serais ici à te défoncer avec maman et à me faire courir à travers la ville pour te retrouver.

Owen tire sur sa cigarette et se penche pour s'appuyer contre le comptoir. Il ne dit rien pendant un moment et le silence dans la pièce devient lourd.

— La nourriture refroidit, dit maman. Est-ce que vous en voulez, Nicholas ?

— Non, merci, marmonne-t-il.

- Comme vous voulez, dit-elle en empilant de la nourriture de différents plats dans son assiette en plastique.

- Pouvons-nous parler en... privé ? demande Owen.

J'acquiesce et je le suis sous le porche. La pluie tombe toujours à verse et nous nous blottissons sous le petit, auvent troué.

- Que fais-tu ici ? dis-je en sifflant.

Nous sommes au beau milieu de la journée, mais je ne veux pas que les voisins entendent plus que ce qu'ils ont déjà entendu.

— Je voulais la voir. Je sais que tu n'aurais pas approuvé et je ne voulais pas que nous nous disputions, dit-il froidement.

— J'étais inquiète pour toi. J'aurais aimé que tu appelles.

En regardant quelque part derrière moi, il dit :

— J'allais le faire, mais elle a cassé mon téléphone. Elle l'a fait exprès. Elle a dit qu'elle voulait passer du temps toute seule avec moi. Que je lui avais manqué. Ensuite, elle m'a donné de quoi me défoncer et... honnêtement, Olive, c'était il y a un jour et j'ai complètement perdu la notion du temps.

— Oui, la méthamphétamine a cet effet, dis-je les mots lourds de jugement.

Il laisse les mots lui rouler sur le dos comme la pluie sur celui d'un canard et il ne me fait pas de reproches là-dessus. Je suis sa sœur inquiète qui ne veut pas qu'il prenne de la drogue dure (ou n'importe quelle drogue d'ailleurs), mais je n'aurais pas dû dire ça. Toutes ces histoires égoïstes et je sais-mieux-que-toi ne ferait de bien à personne.

— Je sais que je ne devrais plus en prendre. Tu sais que j'avais un problème quand j'étais enfant, avant que j'aille en prison. Puis, tout a empiré là-bas.

— On peut prendre de la drogue en prison ? je demande naïvement.

— Tu peux tout avoir là-bas. La drogue fait partie des

choses les plus faciles à obtenir. Beaucoup plus facile qu'un téléphone portable par exemple. Être défoncé fait passer le temps plus vite que n'importe quoi d'autre, dit Owen en regardant au loin vers la ligne d'horizon, comme s'il pouvait voir à travers tous ces immeubles délabrés. Puis, quand j'ai appris à lire, j'ai arrêté.

— Alors, que s'est-il passé ? je demande. Pourquoi est-ce que tu... as fait ça ?

— Je voulais voir maman, dit-il doucement. Je ne voulais pas me disputer avec toi à ce sujet. Nous l'avions assez fait. La revoir a fait remonter toute la colère, la culpabilité et tout le reste de ce que j'ai ressenti si longtemps. Elle a toujours été si égoïste et elle ne s'était jamais occupée de nous.

— Alors, pourquoi tu ne m'as pas appelé ? Pourquoi tu n'es pas revenu vers moi une fois que tu as vu ça ?

— Je ne sais pas, dit-il en haussant les épaules. Je sais qu'elle a été une mauvaise mère, mais elle est ma mère et c'est la seule que j'aurai. Je voulais seulement arranger les choses entre nous. Je ne voulais pas me sentir mal à propos de tout. Je ne voulais pas penser à toutes les terribles choses qu'elle a faites quand nous étions enfants. Je voulais seulement être heureux avec elle. Alors, lorsqu'elle m'a offert une bière, j'ai dit oui. Quand elle m'a offert un joint, j'ai dit oui. Puis... Elle m'a offert de la méth, et j'ai encore dit oui.

Il penche sa tête si bas en avant que son menton touche presque son menton.

Je ne peux pas m'empêcher d'être triste pour lui et ma main cherche la sienne. Dès que nous nous touchons, il m'attire vers lui et enfouit sa tête dans mon épaule.

Je lui dis à travers de lourds sanglots de regrets et de promesses que tout ira bien.

Je ne suis pas en colère contre lui. Je suis là pour lui et je veux que sa douleur disparaisse.

— Je dois te dire quelque chose, dis-je quand nous nous séparons. Nous sommes allés voir Gabby.

Cela lui prend quelques instants pour assimiler l'information avant de demander pourquoi platement.

— Nous te cherchions et nous avons trouvé son adresse mail dans ton cahier de notes et nous l'avons cherché.

— Tu n'aurais pas dû faire ça, dit Owen. Elle est mariée.

— Oui, je m'en suis rendu compte quand son mari est sorti.

— Est-ce qu'il sait pour moi ? demande-t-il au bout d'un moment.

— Non, il sait seulement que je suis ta sœur et qu'elle a été ta professeure, c'est tout. Elle n'était pas très heureuse de me voir. Est-ce que vous avez parlé récemment ?

— Pas depuis que je suis sorti.

Je ne sais pas si c'est une bonne chose ou pas alors je lui fais un signe rassurant de la tête.

— Le problème c'est qu'il... y a quelqu'un d'autre. Quelqu'un que je ne peux pas avoir et personne ne pourra jamais lui arriver à la cheville.

Je le regarde surprise.

Mon cœur s'accélère, dans le bon sens.

Des gens se rencontrent en prison tout le temps, mais il semble que ce soit quelque chose de sérieux. Pourquoi n'a-t-il rien dit avant.

– C'est génial, Owen, dis-je en le prenant dans mes bras. Qui est-elle ? Raconte-moi tout.

– Non, pas vraiment, dit-il doucement. Ce n'est pas important. Je ne peux pas l'avoir. Elle... m'est interdite.

– Elle est mariée ? demandé-je.

Je n'aime pas cette manie qui le pousse à sortir avec des femmes mariées. Il vaut mieux que ça, du moins il le devrait.

– A-t-elle une famille ? demandé-je en grimaçant.

La pensée que mon frère puisse briser des familles avec des enfants me donne la nausée. Je sais ce que c'est que d'être de l'autre côté de cette histoire. Je soupçonne que c'était la raison pour laquelle mon père disparaissait pendant des jours voire des semaines quand j'étais enfant.

Ce n'est pas que maman était une personne facile à vivre, mais elle ne méritait pas qu'on la tourmente ainsi.

Il l'avait trompé, ils s'étaient disputés, il partait, puis revenait, et le cycle recommençait.

– Non, elle n'en a pas, répondit-il à mon grand soulagement.

– Alors, elle a un mari, mais pas d'enfants.

Je vérifie à nouveau.

– Non, elle n'est pas mariée, dit-il doucement.

– D'accord, alors quel est le problème ? Si elle a un petit ami ou un fiancé, c'est bien, mais elle n'est pas encore mariée, dis-je en suffoquant silencieusement avec ce que je venais de dire.

Ce n'est pas bien si elle est mariée, mais ça l'est si elle est avec quelqu'un. Ce n'est qu'un mensonge, une illusion et des conneries.

– Non, elle n'a pas de petit ami, enfin pas vraiment, dit Owen.

Je plisse les yeux et j'essaie de comprendre où est le problème. Voyant qu'il ne précisait pas sa pensée, je l'attrape par les épaules et je le secoue un peu.

– Alors... Va la chercher. Pourquoi ne l'as-tu pas encore fait ? Pourquoi fais-tu autant de secrets là-dessus ?

Le premier coup de feu ressemblait au tonnerre. Le second à un pétard.

Le sang me monte à la tête. Il n'y a nulle part où aller. Je descends des escaliers, mais sur le porche je suis complètement exposée.

Quelqu'un crie au loin. Mes yeux se concentrent sur un groupe d'hommes dans une Cadillac grise toutes fenêtres ouvertes.

L'homme sur le siège passager tient un gros fusil au long canon. Un autre tir part.

Celui-là atterrit juste au-dessus de ma tête, du moins c'est mon impression.

Je couvre mon visage avec mes mains et je n'ouvre pas les yeux avant que la voiture crisse au loin.

C'est à ce moment que je vois Owen en sang sur la marche du haut.

– Owen ! Owen ! Je glisse vers lui, je berce sa tête sur mes genoux. Tout va bien se passer. Je suis là.

J'essuie son visage avec mes mains et je l'embrasse sur les yeux et les joues encore et encore.

– Que quelqu'un appelle la police. Il a besoin d'une ambulance ! Je leur crie le plus fort que je le peux.

Ses yeux sont ouverts et il cligne des yeux avec presque chacune de ses respirations.

Le sang quitte littéralement son visage, sa peau devient pâle plus que blanche.

– Olive, dit-il lentement et avec beaucoup de difficulté.

– Ça va aller, je me répète inlassablement essayant de nous convaincre tous les deux ce qui pourrait être tout simplement impossible.

– Olive, dit-il encore en levant les doigts légèrement comme pour me faire taire.

J'essuie les larmes de mes joues, je laisse échapper un sanglot et j'attends.

– Je... t'aime, dit-il en faisant une longue pause entre les mots.

– Je t'aime aussi. Tellement. Je le prends dans mes bras et je le serre aussi fort que je le peux, voulant plus que tout lui insuffler la vie.

Les ambulanciers arrivent et les sons du monde

baissent. Je regarde tout ce qui se passe comme si cela arrivait à quelqu'un d'autre.

Lorsque je lève les yeux, je réalise que Nicholas est juste à côté de moi.

Je ne sais pas depuis combien de temps il est là et je me tourne vers son torse et je tombe dans ses bras.

– Ça va aller. Ils l'emmènent à l'hôpital. Il va s'en sortir, murmure-t-il à mon oreille.

35

OLIVE

LORSQUE J'ATTENDS...

L'hôpital sent le désinfectant. La salle d'attente est fortement éclairée et il y est impossible de s'y cacher.

Ce n'est pas que j'en ai envie, en soi, je voudrais plutôt être invisible. Je ne veux pas être ici, mais je ne peux être nulle part ailleurs.

Les hôpitaux m'ont toujours mis très mal à l'aise. Je ne sais pas s'il existe quelqu'un qui les aime vraiment, surtout quand ils rendent visite à un être aimé, mais je ne suis pas certaine que tout le monde se sente exactement comme moi.

Je fais les cent pas devant les distributeurs comme un

lion en cage. Je ne suis pas en colère ou impatiente, mais plutôt résigné à mon sort.

Peut-être étourdie.

Owen a subi une intervention, mais il est toujours dans un état critique. Ils l'ont mis dans un coma artificiel et maintenant ce n'est qu'une question de patience.

Les médecins n'ont pas beaucoup de réponses. Les médecins, au pluriel. Il y en a cinq en tout. L'un est le porte-parole, les autres font partie de l'équipe, peu importe ce que ça veut dire.

Enfin, ce que nous avons est l'opinion obtenue de leurs consensus. Ils disent ça comme si c'était une bonne chose.

Quelle est l'expression anglaise déjà ? Un chameau est un cheval dessiné par un comité. Les comités ne sont pas toujours ce que l'on veut.

Je ne sais pas si c'est quelque chose que je veux ou pas, je n'en ai aucune idée ?

Je ne sais pas ce que je ressens du tout. En fait, je ne ressens rien.

Dans l'un des magazines de la salle d'attente, il y a un article à propos des enfants autistes qui n'arrivent pas à mettre de mots sur leurs émotions. Le professeur qui travaille avec eux utilise une grille et ils doivent pointer les différentes émotions pour identifier leur sentiment.

Un bonhomme sourire pour dire heureux.

Un bonhomme triste pour la tristesse.

L'article est vieux et je me demande s'ils utilisent des emojis maintenant. Dans tous les cas, si on me demandait comment je me sens à ce moment précis, j'aurais pointé le visage triste.

Il y a deux minutes, ça aurait été le visage orange qui fronce les sourcils.

Au cours des derniers jours, ma mère et Nicholas se relayaient pour me dire de me calmer.

S'il y a une chose que j'ai été à travers toute cette épreuve, c'est calme.

Stoïque, même.

Morte à l'intérieur, certains pourraient dire.

Maman était là pendant l'opération, mais depuis on

ne l'a pas beaucoup vue. Selon elle, il n'y a pas d'intérêt de rester dans la salle d'attente alors que nous pourrions attendre tout aussi efficacement (ou pas) à la maison.

Si les conditions changent, ils nous appelleront, avait-elle dit pour me rassurer. J'avais pourtant lu en ligne qu'il est important de parler aux patients dans le coma, que ça les aidait à se souvenir qui ils étaient quand ils se réveillaient, alors je me suis fait la promesse d'attendre que ça arrive.

C'est mercredi et je ne l'ai pas encore vu et je ne m'attends pas à ce qu'elle vienne aujourd'hui non plus, mais elle me surprend.

- Tu veux venir fumer une cigarette avec moi ? demande-t-elle en revenant.

Je ne fume pas, mais je dis oui.

Les portes coulissantes s'ouvrent pour nous et je sors à la lumière du jour déclinante. Cela fait des jours que je n'ai pas pris de bouffée d'air frais et j'inspire profondément.

– Tu as appelé et m'as posé des questions sur la

femme dont Owen est amoureux, dit maman en tirant sur sa cigarette.

Je lui avais laissé un message à ce propos hier. Le médecin m'avait dit que c'était bien pour les patients d'entendre les personnes qui s'inquiètent pour lui.

Alors, je m'étais dit que j'essaierais de la retrouver, peu importe qui elle était, et lui demander de venir le voir.

– Alors, tu sais qui c'est ?demandé-je même si je sais que j'ai peu de chance d'avoir une réponse.

Owen n'est pas du genre à dire à beaucoup de personnes les choses qui lui importent et notre mère serait certainement tout en bas de la liste de toute façon. Il a toutefois passé du temps avec elle, qui sait, peut-être que quelque chose lui a échappé.

Elle termine sa cigarette et en allume une autre. J'attends, mais elle ne dit rien. Pourtant, je sens qu'elle a quelque chose sur le bout de la langue.

– Qu'est-ce qu'il t'a dit ? demandé-je.

Elle ne répond toujours pas.

Si elle n'a rien à dire pourquoi sommes-nous ici.

Elle ne l'aurait pas mentionné.

— Je ne sais pas comment te dire ça, Olive, mais je suppose que je vais aller droit au but.

— Oui, s'il te plaît.

Elle joue avec l'ongle verni de son pouce avec l'index de l'autre main.

Finalement, elle retire sa cigarette et dit :

— C'est toi.

Ma langue touche mon palais et je reste bouche bée.

— Mais c'est... mon...

— Non, il ne l'est pas, m'interrompt-elle avant que je termine ma pensée.

Je touche ma clavicule avec la main.

— Je ne te l'ai pas dit, mais maintenant c'est un aussi un aussi bon moment qu'un autre, je suppose, dit-elle en allumant une autre cigarette.

Je t'ai adopté quand tu étais enfant. Je ne suis pas ta mère biologique et ton père n'est pas ton père biologique. C'est certainement une bonne chose, non ?

Elle rit d'un fort rire grinçant qui venait quelque part au creux de ses tripes.

Mes mots penchent sur cet axe et je commence à tomber.

Je fais un pas pour me rattraper pour réaliser que je n'étais pas du tout en train de tomber.

Je commence à formuler différentes questions en même temps. Je ne sais pas où je vais.

– Alors... je ne... *Quoi*, qu'est-ce que tu me dis exactement ?

– Owen sait que tu n'es pas sa sœur. Il le sait depuis qu'il a environ quinze ans. Quand il était en prison, vous avez commencé à vous écrire et à apprendre à vous connaître... Il est tombé amoureux de toi. Vraiment.

– Non, tu mens, dis-je en secouant la tête.

– J'ai menti pour beaucoup de choses, Olive, mais pas pour ça.

Je touche le chignon à l'arrière de ma tête et je remets les mèches rebelles en place ?

– Pourquoi t'aurait-il dit ça ?demandé-je en secouant la tête.

– Parce que nous nous sommes défoncés ensemble et des choses comme ça ont tendance à sortir quand on étend notre conscience de cette manière. De plus, il a été mon petit garçon. Il est toujours venu vers moi pour tout, pas comme toi.

Je ne sais pas à quel point c'est vrai ou à quel point c'est le fruit de son imagination.

Je sais par contre que les gens ont tendance à révéler beaucoup de secrets quand ils ont trop bu ou trop fumer.

– Alors, qu'est-ce que je suis supposée faire maintenant ? je demande.

Ma pression artérielle augmente à chaque minute qui passe jusqu'à ce que ma tête semble sur le point d'exploser.

– Je ne sais pas, dit-elle en se penchant en arrière, elle plie son genou et pose son pied contre le mur. Je suppose que tu vas faire ce que tu voulais, aller chercher cette fille pour qu'elle… lui parle. Pour lui rappeler qu'il y a des gens ici qui l'aime. Il nous reviendra peut-être.

Après le départ de ma mère, j'ère dans l'hôpital pendant quarante-cinq minutes.

Je ne sais pas quoi penser de tout cela. Je ne sais pas si elle ment et pourquoi elle le ferait si c'était le cas.

Elle avait menti pour moins que ça et pour des choses bien plus importantes, mais cette fois elle est excentrique.

Et si elle avait dit la vérité ? Et alors ?

Il y a un petit jardin de roses où je peux m'assoir. Je n'avais jamais pensé à Owen autrement que comme à un frère et ce n'est pas différent maintenant.

Sauf que ce l'est, bien sûr. Savoir ce qu'il ressent pour moi, et que ce soit peut-être vrai, me met... en colère. La rage qui se déchaîne au fond de moi me surprend.

Je ne sais pas comment intégrer la moindre chose qu'elle m'a dite.

Elle n'est pas vraiment ma mère, mais qui est ma vraie mère ?

Owen n'est pas mon vrai frère, mais est-ce que j'en ai un ?

Ils sont de ma famille, mais le sont-ils vraiment ?

Puis il y a ce petit détail, mais qui n'est pas sans conséquence : Owen est amoureux de moi.

Lorsque je lui ai demandé si la femme qu'il aimait avait un mari et des enfants ou même un petit ami, il avait dit non. Pourtant il ne pouvait pas lui dire ce qu'il ressentait.

Maintenant, je sais pourquoi. Elle est sa sœur. Ou du moins l'a été pendant vingt-ans.

Mince, ma famille est paumée.

Si j'étais fumeur, j'aurais sûrement allumé une cigarette.

À la place, j'ai pris un morceau de chewing-gum et je le mets dans ma bouche. Je fais une grosse bulle avec lui, la remplissant avec autant d'air que je le peux avant qu'elle m'explose au visage.

– Oh, te voilà, dit Nicholas qui se tient à la barrière du jardin. Je t'ai cherché partout. Tu ne répondais pas au téléphone.

Je lui fais un petit signe de tête en essayant de retirer les bouts de chewing-gum de mon visage. Je le regarde, mais je fixe quelque chose au-delà de lui.

Il y a un grand chêne que la barrière de fer forgé entoure et il y a un petit oiseau noir sur une des branches les plus basses.

- Comment va Owen ? demande Nicholas en venant près de moi et me faisant un baiser sur la joue.

– Pas de changement.

– Je suis désolé, mais je pense qu'il faut seulement attendre et voir ce qu'il va arriver. Tout va bien se passer, Olive.

– Oui, j'espère, je marmonne en regardant l'oiseau sautiller et s'envoler au moins.

– Allez, écoute, me pousse-t-il. Est-ce que tu as eu des nouvelles de Sydney ?

Lorsque je ne donne pas de réponse, il ajoute :

– Tu sais ta colocataire ?

Comme si j'avais oublié qui elle est.

– Non pas récemment.

— Alors, tu ne me croiras pas, dit Nicholas. Elle est de retour ?

Merci d'avoir lu DIS-MOI DE RESTER !

J'espère que vous avez aimé lire la suite des aventures de Nicholas et Olive. Vous êtes impatients de connaître la suite ?

Cliquez pour DIS-MOI DE FUIT maintenant !

Depuis le jour où où j'ai rencontré Nicholas Crawford, il est une énigme. Il est un homme au passé inconnu et au futur mystérieux. **Il est un criminel, un menteur, un cerveau et l'amour de ma vie.** Je suis devenue une criminelle pour lui et je l'ai sauvé et maintenant c'est à son tour de faire quelque chose pour moi.

Lorsque j'ai appris que tout ce que je savais de ma famille était un mensonge, j'ai besoin de son aide pour découvrir la vérité. Qui suis-je ? D'où je viens ? Pourquoi y a-t-il tant de tromperies ?

Je suis dans un endroit sombre et seule. Il est la seule personne qui peut m'en sortir. **Il est mon seul espoir, que se passera-t-il si ce n'est pas assez ?**

Cliquez pour DIS-MOI DE FUIT maintenant !

Facebook, Charlotte Byrd's Reader Club, pour avoir des cadeaux, des aperçus de mes prochains livres.

J'apprécie que vous partagiez mes livres et que vous en parliez à vos amis. Les commentaires aident les lecteurs à trouver mes livres ! Merci de laisser un commentaire sur votre site préféré.

INSCRIS-TOI À MA NEWSLETTER !

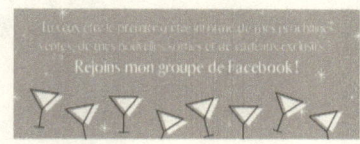

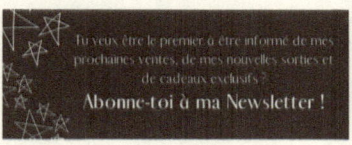

La trilogie de La maison de York

La maison de York

La couronne de York

Le trône de York

Série Emmêlée Dans La Glace

Emmêlée Dans La Glace

Emmêlée Dans La Douleur

Emmêlée Dans La Dentelle

Emmêlée Dans La Haine

Emmêlée Dans l'Amour

Série Dis-moi d'Arrêter

Dis-moi d'Arrêter

Dis-moi de Partir

Dis-moi de Rester

Dis-moi de Fuit

Dis-moi de Lutter

Dis-moi de Mentir

À PROPOS DE CHARLOTTE BYRD

Charlotte Byrd est une auteure de best-sellers de romans contemporains. Elle vit en Californie du Sud avec son mari, son fils et un berger australien plein d'énergie. Elle adore les livres, le beau temps et les grandes eaux bleues.

Contactez-la ici : charlotte@charlotte-byrd.com

Trouvez ses autres livres ici : www.charlotte-byrd.com

Suivez-la ici : www.facebook.com/charlottebyrdbooks

Instagram : www.instagram.com/charlottebyrdbooks

Twitter : www.twitter.com/ByrdAuthor

Groupe Facebook : Charlotte Byrd's Reader Club

Tu veux être le premier à être informé de mes prochaines ventes, de mes nouvelles sorties et de cadeaux exclusifs ?

Abonne-toi à ma **Newsletter** et rejoins mon **Club de Lecteur** !

www.ingramcontent.com/pod-product-compliance
Lightning Source LLC
Chambersburg PA
CBHW032139270626
47172CB00009B/468